FOR YOUR EYES ONLY
4YEO

Unterrichtsmaterialien erhältlich unter
www.ueberreuter.de

1. Auflage 2016

ISBN 978-3-7641-7040-0

Umschlaggestaltung: Vivien Heinz, Henry's Lodge
unter der Verwendung von Fotos von © aleshin / Fotolia, grynold / Shutterstock und Andrey Kasimov

Druck und Bindung: Imprint, Ljubljana
Gedruckt auf Papier aus geprüfter nachhaltiger Forstwirtschaft.

www.ueberreuter.de

Carolin Philipps

FOR YOUR EYES ONLY 4YEO

ueberreuter

Eins

4YEO! Nur für deine Augen waren sie bestimmt, Jannis!

Wie oft habe ich das in den letzten Wochen gedacht, gesagt und geschrieben. Jedes Mal ein bisschen hoffnungsloser, jedes Mal ein bisschen verzweifelter. Vor vier Wochen ist mein Leben noch in Ordnung gewesen und mehr als das. Ich hatte viele Freunde, viele Pläne und ich hatte vor allem Jannis. Ich war wunschlos glücklich.

Jetzt habe ich alles verloren. Meine Freunde, meine Pläne, Jannis und die Hoffnung, dass dieser Albtraum jemals ein Ende nehmen wird.

»Hure!«

»Schlampe!«

»Einmal Nutte, immer Nutte!«

Es gibt wohl kein Schimpfwort, das sie mir nicht an den Kopf geworfen haben, keine Beleidigung, die nicht auf WhatsApp und Facebook, mit meinem Namen versehen, verschickt wurde. Meine Freunde, Unbekannte, die ganze Welt – alle haben sich über mich lustig gemacht und mich mit Dreck beworfen.

»Geile Brüste!«

»Wo kann man dich buchen?«

4YEO! Die Fotos waren für ihn bestimmt und nur für ihn.

Dass die anderen mir das nicht glauben, damit hätte ich leben können, aber Jannis kennt mich besser. Er hätte zu mir halten müssen. Das Einzige, was er mir vorwerfen kann, ist meine Eifersucht auf Jenifer, seine Exfreundin.

Anfangs habe ich mich noch verteidigt. Aber dann kam der Moment, in dem ich eingesehen habe, dass sie alle recht haben.

Ich bin eine Schlampe, eine Hure, eine Nutte! Ich alleine habe Schuld, denn am Anfang standen nun mal meine Fotos. Wenn ich sie nicht gemacht hätte, wäre all das nicht passiert.

Aber es ist nun mal passiert. Und egal, wie oft ich es bereue, egal, was ich tue und tun werde, es lässt sich nicht rückgängig machen. Es wird an mir kleben bleiben, mit Sekundenkleber an meiner Stirn befestigt, solange ich lebe. Ich bin 14 und werde wohl noch eine ganze Weile leben müssen. Eine schreckliche Vorstellung … zu schrecklich!

Und jeden, der trotzdem mit mir befreundet bleiben will, ziehe ich mit in den Dreck. »Was willst du mit der Schlampe?«, wurde Tessa, meine ehemals beste Freundin gefragt. »Vielleicht bist du ja selber eine. Hast du auch Fotos gemacht? Zeig mal!«

Anfangs hat Tessa mich noch getröstet: »In einem Jahr haben alle die Fotos vergessen, du wirst sehen.« Aber dann hat sie aufgegeben. Ich bin ihr nicht böse, dass sie es mit mir nicht mehr ausgehalten hat. Jetzt ist Samantha ihre beste Freundin.

Soll ich ein Jahr warten, bis meine Fotos nur noch eine entfernte Erinnerung sein werden?

Kann ich das aushalten?

Ich habe es gedacht, am Anfang. Aber so wie Tessa aufgegeben hat, weil sie die Freundschaft mit mir nicht mehr ertragen konnte, so gebe ich nun auch auf.

Ich kann nicht ein Jahr warten.

Und Jannis bringt das auch nicht zurück. Mit ihm hätte ich es vielleicht geschafft.

Ich bin für alle eine Belastung geworden. Für Jannis, für meine Eltern, für meine Freunde … Exfreunde, für mein Segelteam … Exteam. Wer mich ansieht, hat sofort die Bilder im Kopf, die Bilder, von denen ich wünschte, ich hätte sie nie gemacht. Zu spät, sie sind da und werden es für alle Zeiten sein, außer …

Manchmal in den letzten Wochen habe ich mir gewünscht,

ich könnte aus meinem Körper aussteigen, ihn zurücklassen und in einem neuen Körper von vorne anfangen. Ich hasse meinen Körper. Er ist wie ein Gefängnis und ich sitze in ihm eine lebenslange Strafe ab. Keine Chance auf vorzeitige Entlassung wegen guter Führung. Lebenslang, außer …

Dann wäre es vorbei, dann wäre ich frei, endlich wieder frei …

»Es gibt immer einen Ausweg«, hat mein Vater gesagt. »Man muss ihn nur finden.«

»Und wenn man ihn nicht finden kann?«, habe ich ihn gefragt.

»Dann hast du nicht lange genug gesucht.«

Er hat recht.

Ich habe sehr lange gesucht und ich habe ihn gefunden. Meinen Ausweg.

Wird es hinterher irgendjemanden geben, der versteht, warum ich diesen und nur diesen Weg wählen musste? Wahrscheinlich nicht und es ist dann für mich auch nicht mehr wichtig …

Es ist ein Notausgang, den man nur verstehen kann, wenn man meinen Weg bis hierher kennt.

Es wird einen neuen Skandal geben, die Presse wird sich darauf stürzen und alles noch einmal ausgraben. In den Interviews werden alle sehr betroffen tun und sagen, sie haben nicht geahnt, wie schlecht es mir ging. Und dann werden sie mich vergessen, mich und die Bilder von meinem Körper vergessen, einfach so, als hätte es mich nie gegeben.

Wie oft habe ich hier auf dem Dach der Schule mit Jannis gesessen oder in seinen Armen gelegen, nur wir beide und über uns die Sterne. Hier hat alles begonnen und hier wird es heute auch enden …

Zwei

Ich muss vier gewesen sein, als ich Jannis zum ersten Mal begegnet bin. Er war schon acht, ging in die zweite Klasse und musste mit mir spielen, weil seine Eltern es befohlen hatten, damit sie sich in Ruhe mit meinen unterhalten konnten. Sie waren Studienfreunde, die sich seit Jahren nicht mehr gesehen hatten und sich nun auf einmal im gleichen Segelklub wiederfanden.

Ich habe mich sofort in Jannis verliebt, was aber nur so lange anhielt, wie seine Eltern ihn im Auge hatten. Dann zeigte er mir ganz offen, was er davon hielt, mit einem Kindergartenkind zu spielen: Er setzte sich mit seiner Spielkonsole auf den Rasen, meterweit von mir entfernt, und beachtete mich nicht mehr.

Da fand ich ihn einfach nur noch megadoof. Und das änderte sich auch nicht in den nächsten Jahren, obwohl meine Eltern beschlossen hatten, die wiedergefundenen Freunde regelmäßig zu sehen. Grillabende, Geburtstagsfeiern, Segelurlaube an der Nordsee, wir haben viel Zeit miteinander verbracht. Das verstärkte sich noch, als auch Jannis' Eltern beschlossen, aus der Stadt in unser Dorf zu ziehen. Meine Eltern hatten bereits kurz vor meiner Geburt der Großstadt den Rücken zugedreht, weil sie glaubten, ein Dorf, wo noch jeder jeden kennt, sei für ihre Tochter der bessere Ort für eine glückliche, unbeschwerte Kindheit.

Als meine Mutter wieder anfing, in der Stadt zu arbeiten, verbrachte ich die Nachmittage nach der Schule bei Jannis zu Hause. Seine Eltern hatten ein altes Bauernhaus gekauft und umgebaut. Seine Mutter verwirklichte sich hier einen Kindheitstraum und hatte sich in einem der Schuppen eine Töpferei eingerichtet, wo sie inzwischen sehr erfolgreich

Geschirr, Vasen und merkwürdige Skulpturen herstellte und online verkaufte.

Jannis wurde für mich immer mehr wie ein älterer Bruder, der mich zwar beschützte, wenn ich Probleme mit anderen Kindern hatte, der aber ansonsten nicht von mir belästigt werden wollte. Zumindest, solange wir auf dem Festland waren, wo jeden Moment seine Freunde vorbeikommen und sich über Jannis und seine »Babyfreundin« lustig machen konnten.

Unser Dorf liegt an einem großen See. Das war auch ein Grund für meine Eltern hierherzuziehen, denn sie sind begeisterte Segler und verbringen jede freie Minute auf dem Wasser. Ich war schon als Baby mit an Bord dabei. Segeln ist auch meine große Leidenschaft. In meinem Zimmer stehen jede Menge Pokale, die ich bei Regatten gewonnen habe. Viel wichtiger aber ist das Gefühl der Freiheit, das ich jedes Mal spüre, wenn ich auf meinem Boot über das Wasser gleite.

Auch Jannis und seine Eltern verbringen ihre Freizeit im Segelverein. Wenn wir gemeinsam auf dem See segelten, war Jannis ganz anders zu mir. Er war es, der mir den Unterschied zwischen Halse und Wende beibrachte und mit mir für die Segelprüfungen übte. Die Begeisterung fürs Segeln war ein festes Band zwischen uns. Und das blieb auch so, als er anfing, Basketball zu spielen, während ich eine Regatta nach der anderen fuhr und meistens auch gewann.

Als ich aufs Gymnasium kam, war Jannis bereits in der neunten Klasse und kam nun oft gar nicht mehr mit zu den Familientreffen. Seine Freunde waren ihm wichtiger, was man ja verstehen kann und was ich heute auch so mache – oder besser gesagt: gemacht habe, als ich noch Freunde hatte.

Jannis war Mannschaftskapitän im Basketballteam unserer Schule geworden und der Schwarm aller Mädchen der Klassen 6 bis 13. Er hätte sie alle haben können, entschied sich dann aber irgendwann in der zwölften Klasse für Jenifer aus seinem Jahrgang: blonde lange Haare, lange schlanke Beine und Schulsprecherin.

Auch Jenifers Eltern haben vor vielen Jahren ein Bauernhaus gekauft, fast gegenüber von Jannis' Elternhaus. Sie haben es komplett umgebaut, sodass man kaum noch erkennt, dass es früher mal einem Bauern gehörte. Hinter dem Haus gibt es einen riesigen beheizten Swimmingpool. Dort finden jedes Jahr im Sommer die berühmten Poolpartys statt, auf die nun wirklich jeder gerne gehen will. Wer eine Einladung bekommt, wird von allen beneidet.

Ich erfuhr so manche Geschichte über Jannis und Jenifer durch die Gespräche seiner und meiner Eltern. Sie seien ein Traumpaar, passten so gut zueinander, fand Jannis' Vater. Sie sei ein wenig kalt und sehr verwöhnt und egoistisch, meinte Jannis' Mutter. »Ich hoffe, sie tut ihm nicht irgendwann sehr weh, wenn sie ihn für einen anderen stehen lässt.«

Keiner von uns ahnte, dass es Jannis sein würde, der die Beziehung beendete.

»Gibt es überhaupt ein Mädchen, das du als Freundin für Jannis gut finden würdest?«, hatte mein Vater Jannis' Mutter geneckt.

»Sicher gibt es sie: Lilly. Die wäre perfekt.« Sie zwinkerte mir zu. Alle lachten, ich sah verlegen auf das Hühnerbein auf meinem Teller und war froh, dass sie nicht ahnten, dass aus meinen Schwestergefühlen für Jannis längst ein bisschen mehr geworden war.

Ich weiß nicht, ob man den genauen Zeitpunkt überhaupt mitbekommt, wenn man sich in jemanden verliebt.

Auf einmal war es da, dieses Gefühl, dass ich jede Sekunde bei ihm sein wollte, dass der Tag keinen Sinn hatte, wenn ich ihn nicht gesehen, seine Stimme nicht gehört hatte.

Die gemeinsame Geschichte von Jannis und mir, denke ich, begann vor ziemlich genau fünf Monaten an einem nassen Märznachmittag. Ich war eine der letzten, die nach der Theater-AG in der Sporthalle zu den Fahrradständern ging. Der Hausmeister war nicht zu sehen, und so fuhr ich, statt wie vorgeschrieben zu schieben, mit ziemlichem Tempo über den leeren Schulhof zum Tor. Der Schnee war abgetaut, aber eben nicht an allen Stellen und so rutschte ich mit dem Vorderreifen weg, blieb mit dem einen Fuß im Vorderrad hängen und schlug dann mit dem Kopf auf den Boden.

Ziemlich benommen lag ich da, die anderen waren längst davongefahren. Als ich versuchte aufzustehen, knickte ich um. Ein stechender Schmerz zog durch meinen ganzen Körper. Ich ließ mich wieder auf den Boden fallen und suchte in meiner Jacke nach meinem Handy.

Stimmen kamen näher: Jannis mit zwei Freunden und Jenifer, fröhlich miteinander plaudernd. Als er mich bemerkte, rannte er sofort zu mir. »Was ist passiert? Bist du verletzt?«, fragte er erschrocken.

Ich schüttelte den Kopf. »Nicht so schlimm. Es geht schon wieder.« Ich setzte mich auf und lächelte ihn beruhigend an.

»Komm, wir fahren dich nach Hause. Jen hat ihr Auto da. Oder, Jen, wir fahren sie doch?«

Ich sah in Jenifers Gesicht, dass sie alles andere lieber tun würde. Sie hatte von ihren Eltern zum 18. Geburtstag eine Mercedes A-Klasse bekommen, mit der sie und Jannis jeden Morgen zur Schule kamen, und nachmittags, so wie heute, holte sie ihn vom Basketballtraining ab.

Ich wollte nicht, dass Jannis Probleme mit seiner Freundin bekam und so sagte ich: »Ich bleibe noch einen Moment hier sitzen, dann ist alles wieder gut.«

Jannis half mir hoch. Ich biss die Zähne zusammen und humpelte zu einer Bank.

»Kommst du alleine zurecht? Sicher?« Er wusste ganz offensichtlich nicht, was er tun sollte.

Ich nickte. »Klar! Mach dir keine Sorgen.« Das linke Bein tat furchtbar weh, ich konnte kaum auftreten, aber das behielt ich für mich.

Jannis zögerte immer noch. Er kannte mich gut genug und ahnte wohl, dass ich nicht die ganze Wahrheit sagte. Neben ihm stand Jenifer und warf mir wütende Blicke zu, als würde ich ihn mit Absicht hier festhalten. Sie wedelte ungeduldig mit ihrem Autoschlüssel in der Luft herum.

»Da hörst du es«, sagte sie. »Sie kommt alleine zurecht. Worauf warten wir noch? Los, komm schon! Mir ist kalt! Und außerdem haben wir noch 'ne Menge vor heute.« Sie packte seinen Arm und zog ihn weg.

Als Jannis sich noch einmal umdrehte, winkte ich ihm so fröhlich es ging zu. Ich wartete, bis sie davongefahren waren, und rief dann meinen Vater an. »Ich bin mit dem Fahrrad gestürzt. Ich kann nicht auftreten und mir ist furchtbar schwindelig. Kannst du mich abholen?«

Er kam natürlich sofort angefahren, war sehr besorgt, aber auch ziemlich sauer, nachdem ich ihm erzählt hatte, wie der Unfall passiert war.

»Du weißt, dass ihr auf dem Schulhof schieben sollt! Und das hat seinen Grund, wie man ja jetzt sieht.«

Ich liebe meinen Vater, aber seine ständigen Vorträge über das, was man tun darf und was man nicht tun darf, nerven auch mich inzwischen unheimlich. Mein Vater ist Lehrer an unserer Schule, sogar stellvertretender Direktor, und achtet immer ganz genau darauf, dass alle Vorschriften exakt eingehalten werden. Der arme Hausmeister würde am nächsten Tag auch eine Strafpredigt bekommen, weil er nicht richtig gestreut hatte. Er tat mir jetzt schon leid.

Von Jannis erzählte ich meinem Vater lieber nichts. Er würde es ihm übel nehmen, dass er mich alleine gelassen hatte. Dabei konnte Jannis nichts dafür. Ich hatte ihn schließlich angelogen, als ich sagte, es sei alles okay.

Im Krankenhaus wurde mein Fußgelenk geröntgt; der Knochen war angeknackst und ich bekam einen Gips. Außerdem hatte ich eine Gehirnerschütterung und sollte eine Woche zu Hause liegen.

Drei

Abends lag ich auf dem Sofa und wusste nicht, was ich mit meiner Zeit anfangen sollte. Eigentlich war ich mit Merle und den anderen aus der Mannschaft am Bootshaus verabredet. Frühlingsputz der Boote. Ich hasste diese jährliche Putzaktion, zu der alle Vereinsmitglieder verpflichtet waren. Segeln ja, Putzen nein. Jedes Jahr versuchte ich vergeblich, mich davor zu drücken. Aber selbst das hätte ich lieber gemacht, als hier gelangweilt herumzuliegen. Und das an einem Freitagabend! Tessa, meine beste Freundin, war ins Kino gegangen. Und im Fernsehen lief auch nichts, was mich interessierte.

Dann rief Jannis an.

»Wie, du warst dabei?«, hörte ich meinen Vater sagen. »Du hast gewusst, dass sie nicht mehr laufen konnte, und fährst davon? Das glaub ich jetzt aber nicht.«

Tja, das hatte ich nun von meinem Schweigen. Armer Jannis. Jetzt bekam er nicht nur den Zorn meines Vaters zu spüren, sondern würde sich auch noch vor seinen eigenen Eltern rechtfertigen müssen.

»Ja, ihr geht es den Umständen entsprechend. Gipsbein und Gehirnerschütterung … Nein, ich glaube nicht, dass sie dich sprechen will.«

»Paps!!« Aber er hatte schon aufgelegt und kam ziemlich erbost in mein Zimmer. »Warum hast du mir nichts davon erzählt? Ich kann es immer noch nicht glauben. Was ist bloß in ihn gefahren, dich da einfach so liegen zu lassen?«

»Ich habe ihn weggeschickt«, versuchte ich, ihn zu beruhigen. »Er kann nichts dafür! Es war wegen Jenifer. Jannis wollte mich nach Hause bringen, aber Jen war dagegen. Ich wollte ihm keine Probleme machen.«

»Na, diese Jenifer scheint wirklich sehr egoistisch zu sein.« Mein Vater konnte sich immer noch nicht beruhigen. »Und Jannis ist ein richtiges Weichei. Lässt sich von einem Mädchen herumkommandieren!«

Einen Tag später klingelte es. Meine Eltern waren noch bei der Arbeit, also humpelte ich zur Tür. Jannis stand dort, etwas verlegen, und mit einer megagroßen Sonnenblume in der Hand. Bei jedem anderen hätte ich vermutet, seine Eltern hätten ihn geschickt, aber nicht bei Jannis. Jannis hatte noch nie ein Problem damit gehabt, einen Fehler einzugestehen.

»Es tut mir so leid, Lilly. Ich wusste nicht, dass es dir so schlecht geht.« Er zeigte auf mein Gipsbein. »Du hast gesagt, es ist okay.«

»Es ist nicht deine Schuld. Ich dachte, Jen wäre sonst sauer auf dich. Und das wollte ich nicht.«

Er grinste etwas beschämt. »Das war sie so oder so. Sie hasst es, zu warten.«

»Ist sie jetzt draußen im Auto?«

Jannis schüttelte den Kopf. »Ich bin mit dem Fahrrad hier. Und muss auch gleich weiter. Wir lernen für die Matheklausur.«

Was »wir« bedeutete, konnte ich mir denken. Er war sicher auf dem Weg zu Jenifer, um mit ihr zu üben. Denn für Mathe musste Jannis sicherlich nicht zusätzlich lernen. Aber es war auch egal. Ich freute mich, dass er überhaupt gekommen war.

»Wie lange musst du den Gips tragen?«

»Vier Wochen mindestens, sagt der Arzt.«

»Und wie kommst du zur Schule? Wenn ich fahren könnte, würde ich dich abholen mit Dads Auto. Wenn du willst, frag ich Jen …«

Na, das war das Letzte, was ich wollte. Ich schüttelte so

heftig den Kopf, dass Jannis lachen musste. »Du hast recht, das würde ihr gar nicht gefallen.«

»Die nächsten Tage muss ich zu Hause bleiben wegen der Gehirnerschütterung. Dann wird meine Mutter mich morgens bringen und Tessas Mutter holt mich mittags ab. Du siehst, es ist alles bestens geregelt.«

»Ich muss los. Aber wenn ich was für dich tun kann, dann melde dich.«

Ich nickte. Es war lieb von ihm. Eben großer Bruder, aber ich hatte nicht vor, davon Gebrauch zu machen.

Zu meinem Erstaunen erschien er am Wochenende mit seinen Eltern zum Geburtstag meines Vaters, was er seit Jahren nicht mehr getan hatte. Meine Eltern waren genauso erstaunt.

»Um eure Fragen gleich vorweg zu beantworten: Ich bin freiwillig hier«, sagte er mit einem Grinsen. »Aber ich gebe zu, wenn Lilly keinen gebrochenen Fuß hätte, wäre ich nicht gekommen.«

Das stieß bei mir nicht auf große Begeisterung. Ich freute mich zwar, dass er da war, weil ich mich schon auf einen langweiligen Abend eingestellt hatte.

Trotzdem hätte ich mir gewünscht, er wäre nicht nur wegen seines schlechten Gewissens hier. Er hatte eine DVD mitgebracht, und während die Erwachsenen draußen auf der Terrasse saßen, verbrachten wir einen vergnüglichen Abend vor dem Fernseher.

»Was ist mit Jenifer?«, konnte ich mir aber doch nicht verkneifen. »Weiß sie, dass du hier bist?«

Er schüttelte den Kopf. »Solange sich alles um sie dreht, ist es gut, sonst dreht sie durch. Ich brauchte mal ’ne Pause«, sagte er und grinste mich an.

Als ich ihn fragend anschaute, ergänzte er: »Kevin hat mich neulich mit der Sonnenblume bei dir gesehen und hat es natürlich prompt weitererzählt. Jen hat mir eine Szene gemacht, ich würde sie betrügen und so weiter. Wie Frauen halt so sind.«

»Hallooo!!!??? Hab ich dir jemals eine Szene gemacht?«

»Na ja, du nicht. Du bist ja auch …«

Ich hielt den Atem an.

»Du bist eben du!«

Gut, da hatte ich mehr erwartet.

Aber Jannis redete schon weiter. »Ich hab ihr dann erklärt, dass ich dich schon seit zehn Jahren kenne, du praktisch zur Familie gehörst und ich mich schlecht fühle, weil ich dich im Stich gelassen habe, nur aus Angst, sie würde mir eine Szene machen.« Er verstummte.

»Und dann hat sie dir erst recht eine Szene gemacht. Armer Jannis!« Ich wusste, wie sehr er Streit hasste.

Er grinste. »Thema Jenifer beendet. Sie zickt zurzeit einfach nur.«

»Vielleicht machen die Abiklausuren sie nervös.«

»Schön, dass du sie in Schutz nimmst, aber das war auch vorher schon so. Es ist wohl eher ein Charakterfehler. Und entweder man mag es oder … eben nicht.«

Oha, dachte ich, das klingt gar nicht gut. Aber es gefiel mir irgendwie, dass er so über Jenifer redete. Ich hätte das Thema gerne noch ausgebaut, wollte ihn aber nicht auch noch nerven.

In den nächsten zwei Wochen kam Jannis fast jeden zweiten Tag vorbei, auch am Wochenende. Er überredete Kevin, seinen besten Freund, der schon den Führerschein hatte und sich ab und zu das Auto seines Vaters ausleihen durfte, uns ins Kino zu fahren, meine Mutter holte uns dann wieder ab.

Als Anfang Mai die Segelsaison eröffnet wurde, redete Jannis so lange auf meine Eltern ein, bis sie damit einverstanden waren, dass ich trotz Gipsbein zusammen mit ihm an der Eröffnungsregatta teilnahm. Seit langer Zeit saßen wir wieder gemeinsam in einem Boot. Auch wenn wir nur als Zweite durchs Ziel fuhren, waren diese Stunden mit ihm auf dem See schöner als jeder Sieg.

Auf Jenifer war ich längst nicht mehr sauer, ich war ihr sogar dankbar, dass sie mich nach meinem Sturz nicht nach Hause fahren wollte. Sonst wäre die Geschichte zwischen mir und Jannis wohl ganz anders verlaufen.

In der Schule ignorierte sie mich. Wenn ich sie in den Pausen auf dem Schulhof zufällig traf, rauschte sie mit ihren Freundinnen an mir vorbei, so als wäre ich Luft für sie, dabei war ich mit meinem Gipsbein nun wirklich nicht zu übersehen.

Und dann stand sie auf einmal vor unserer Haustür und klingelte wie eine Verrückte. Ich dachte, es wäre Jannis, sonst hätte ich bestimmt nicht die Tür geöffnet. Jenifer schubste mich beiseite, sodass ich stolperte und auf den Boden fiel. Ohne sich um mich zu kümmern, stürmte sie durch unsere Wohnung, durchsuchte ein Zimmer nach dem anderen – nach Jannis, wie ich vermutete. Die Türen knallten, sie wurde wütender von Tür zu Tür.

»Wo hast du ihn versteckt?«, schrie sie mich an.

»Versteckt? Wen denn?« Ich lag immer noch hilflos auf dem Boden.

Sie beugte sich über mich und funkelte mich wütend an. »Tu nicht so, du kleine Schlampe. Du weißt genau, von wem ich rede. Er gehört *mir*! Merk dir das!« Sie hob den Fuß, um mich zu treten, als sich zwei Arme von hinten um sie legten und festhielten. Sie strampelte und trat wild um sich. Aber die Arme waren stärker und drängten sie zur Tür.

Es war Jannis, so wütend, wie ich ihn noch nie gesehen hatte.

Jenifers Gesicht verzog sich zu einem Lächeln, als sie bemerkte, wem die Arme gehörten. »Schatz, ich … Sie wollte …«

Ohne etwas zu sagen, schob er sie zur Tür hinaus und schloss sie hinter ihr.

Dann kam er zu mir und hob mich hoch. »Hast du dich verletzt?«

»Nicht so schlimm!« Ich war auf den Ellbogen gefallen, aber mehr als ein blauer Fleck würde es nicht werden.

»Ich kann nicht glauben, dass sie zutreten wollte, als du auf dem Boden lagst!« Jannis war sehr blass im Gesicht.

»Sie hat dich hier gesucht und geglaubt, ich verstecke dich. Darum war sie wütend.« Keine Ahnung, warum ich anfing, Jenifer zu verteidigen.

»Ja und? Dann darf man zutreten oder wie?«, rief er wütend. »Ihre Eifersucht ist echt krank. Jeden Tag eine neue Szene wegen irgendwelcher Mädchen, die zwei Worte mit mir geredet haben.«

Vor der Tür schrie und tobte Jenifer weiter, was am Ende des Tages jeder im Dorf wusste, und jeder kannte natürlich nur ihre Version der ganzen Geschichte, die sie überall herumerzählte: Ich hätte ihr Jannis ausgespannt.

Dabei hatte Jannis längst die Nase voll von ihr. Dass sie mich treten wollte, als ich schon am Boden lag, das war das Ende, das konnte er ihr nicht verzeihen. Aber das wiederum war nicht meine Schuld.

Am Tag, als mein Gips abgenommen wurde, machte Jannis seine Führerscheinprüfung. Er holte mich mit dem Auto seines Vaters vom Krankenhaus ab. Dann fuhren wir an der Elbe entlang Richtung Meer und suchten uns eine abgelegene Bucht, wo wir alleine waren, ohne dass unsere Eltern dazwischenfunkten oder neugierige Dorfbewohner hinterher jedes Detail unseres Treffens auf dem Markt diskutierten.

Vier Jahre Altersunterschied reichten, um unsere Beziehung von Anfang an zum allseits beliebten Thema zu machen. Vor allem die Frage: Haben sie nun oder haben sie nicht?

Meine Mutter sprach mit mir über Verhütung und darüber, wie wichtig das erste Mal im Leben eines jungen Mädchens sei und dass man sich lieber Zeit lassen solle.

Darüber konnte ich nur lachen. »Mum, hast du vergessen, dass ich schon in der 6. Klasse in Sexualkunde eine Eins im Test darüber geschrieben habe?«

»Das war aber nur die Theorie. Nun bist du verliebt und da … na ja, da sollte man das Thema zumindest mal wieder auffrischen.« Dann musste sie selber lachen. »Ich mache mir nur Sorgen, Lilly. Und ich will nicht mit 36 schon Oma werden.«

»Nicht? Wieso nicht? Ich dachte …«

Sie grinste und warf mit einem Küchenhandtuch nach mir. »Verschwinde und grüß Jannis von mir.«

Jannis bekam von seinen Eltern Vorträge wegen seiner besonderen Verantwortung, weil ich noch so jung sei. Unsere Eltern befürchteten wahrscheinlich, bei einer ungeplanten Schwangerschaft könnte auch ihre Freundschaft in die Brüche gehen.

Wir fanden das ziemlich nervig und völlig überflüssig, denn außer hunderttausend Küssen passierte nichts zwischen uns. Wir hatten es nicht eilig.

In der Schule hielten wir Abstand, weil wir Jenifer nicht unnötig reizen wollten. Trotzdem konnte ich nicht verhindern, dass ich ihr und ihren Freundinnen immer wieder über den Weg lief.

Sie ließ keine Gelegenheit aus, um mir unter die Nase zu

reiben, dass es nur eine Frage der Zeit wäre, bis Jannis zu ihr zurückkehren würde. »Warte ab, bis Jannis genug von dir hat. Der steht nicht auf Babys!« Dabei musterte sie mich von oben bis unten und streckte ihre Brüste nach vorne, als würde sie ahnen, dass das ein wunder Punkt bei mir war. Meine wollten einfach nicht so wachsen, wie ich das gerne gehabt hätte. Jenifer hingegen hätte mit ihren jeden Wettbewerb um die »Miss Busen« gewonnen.

»Sie ist einfach unerträglich!«, tröstete Jannis mich. »Und ein schlechter Verlierer. Sie behauptet immer noch, es sei Notwehr gewesen. Du hättest sie mit deinen Krücken bedroht.«

Wir lachten beide darüber.

Ich hatte sogar ein wenig Mitleid mit ihr. Ohne ihre brutale Aktion im Flur wären Jannis und ich vielleicht nie zusammen gekommen. Die große Verliererin war Jenifer und das sah sie irgendwann auch ein.

Dachte ich jedenfalls.

Vier

Wir freuten uns auf die Sommerferien, wenn Jannis sein Abitur in der Tasche haben würde. Wir hatten so viele Pläne gemacht. Meine Eltern wollten für zwei Wochen nach Kreta fliegen, um die kranke Schwester meiner Mutter zu besuchen. Ich sollte in der Zeit bei Jannis wohnen. Wir wollten segeln und ... einfach nur zusammen sein.

Vorher allerdings stand noch diese einwöchige Abifahrt nach Mallorca an, die seit Jahren von den Abiturienten der Schule zur Erholung nach den Prüfungen gemacht wurde. Meer, Strand, und vor allem Party. Es kursierten die schlimmsten Gerüchte über wilde Orgien in den Hotels und Komasaufen am Strand.

Das hatte mich bislang eher kaltgelassen. Diesmal aber fuhr nicht nur Jannis mit, sondern auch Jenifer. Und wer weiß, ob sie die Zeit nicht nutzen würde, um Jannis zurückzugewinnen.

»Er gehört mir!« Wie oft hatte sie mir das in den Wochen davor zugezischt. Es war total absurd und darum machte ich mir auch keine Gedanken darüber, bis die Reise nach Mallorca immer näher und näher rückte.

Am letzten Morgen vor dem Abflug traf ich Jenifer und ihre Freundinnen in der Pause auf dem Schulhof. Sie stellten sich neben Tessa und mich und taten so, als beachteten sie uns gar nicht.

»Das wird *die* Gelegenheit sein, Jen! Du hast eine Woche!«, sagte Beate, Jenifers beste Freundin. »Du und Jannis am Strand. Er cremt dich zärtlich ein ...«

Jenifer lachte laut. »Eine Woche? In einer Stunde habe ich ihn da, wo ich ihn haben will.«

»Ihr gehört einfach zusammen. Ein Traumpaar!«

»Hör einfach nicht hin!«, flüsterte Tessa mir zu. »Die will dich nur eifersüchtig machen. Lass uns gehen.« Sie zog mich weg.

Das Gelächter von Jen und ihren Freundinnen hatte ich noch in den Ohren, als ich abends Jannis traf.

»Es geht immer sehr wild zu, habe ich gehört«, sagte ich und kuschelte mich in seine Arme. Wir lagen wie so oft in den letzten Tagen vor seiner Abfahrt oben auf dem Dach der Turnhalle und schauten zu den Sternen hinauf. Wie gut, dass mein Vater Sport unterrichtete. Sein Schlüssel für die Turnhalle, den er in einem Fach seiner Aktentasche zu Hause aufbewahrte, hatte uns schon so manch schönen Abend verschafft, fern von den Blicken der neugierigen Dorfbewohner, einschließlich unserer Eltern.

»Man sagt, manche wissen am nächsten Morgen gar nicht mehr, was sie am Abend vorher gemacht haben«, fuhr ich fort. »Sangria und Bier und Mädchen …«

Ich hörte ihn leise kichern. »Keine Sorge! Ich trinke nur so viel, dass ich hinterher noch weiß, mit wem ich die Nacht verbracht habe.« Meinen empörten Protest erstickte er mit unzähligen Küssen, was mich nur teilweise beruhigte.

Aber das konnte ich ihm nicht sagen, denn es war ja auch Jenifers Eifersucht gewesen, die ihn zum Wahnsinn getrieben hatte. Also schwieg ich und lauschte seiner Stimme, die mir zärtliche Worte ins Ohr flüsterte.

Es war lange nach Mitternacht, als wir wieder über den Schulhof rannten und von da zu mir nach Hause. Ich wollte ihn nicht gehen lassen, aber er war sich nicht sicher, ob er mit hineinkommen sollte.

Die Entscheidung wurde uns dann abgenommen, als mein Vater im Flur erschien. »Wisst ihr, wie spät es ist? Wo wart ihr so lange?«

Das konnten wir ihm natürlich nicht sagen. »Jannis fährt doch morgen …«

»Ich weiß! Und nur deshalb gibt es keinen großen Ärger«, sagte mein Vater. »Wir hatten einen Deal: Während der Woche bist du bis 22:00 Uhr zu Hause.«

Jannis entschuldigte sich und mein Vater war ja auch nicht wirklich verärgert. Er kannte Jannis und vertraute ihm. Trotzdem wünschte ich, mein Vater wäre nicht ausgerechnet jetzt erschienen. Wer weiß, was sonst noch passiert wäre, und wer weiß, ob dann nicht alles ganz anders gekommen wäre.

Aber so musste Jannis gehen und ich sollte ihn erst in einer Woche wiedersehen. Zum Flughafen wollte ich nicht mitkommen. Ihn abfliegen zu sehen, hätte ich nicht ertragen. Es war ja nur eine Woche, sieben Tage mit jeweils 24 Stunden, von denen ich aber mindestens acht verschlafen würde und keine Sehnsucht spüren konnte. Also blieben noch 16 Stunden Sehnsucht pro Tag.

Nur eine Woche, sagte ich mir immer wieder. Aber manchmal hat man ganz tief in sich Ahnungen, die man nicht erklären kann. Ich war so unendlich traurig, als würde ich ihn nie wiedersehen.

Tessa hingegen freute sich, dass Jannis weg war und ich wieder mehr Zeit für sie hatte. Wir kennen uns seit der Grundschule. Vom ersten Schultag an saßen wir nebeneinander. Sie wohnt mit ihren Eltern im Reihenhaus neben uns und so haben wir auch nachmittags und am Wochenende zusammen gespielt.

Gemeinsam waren wir im Spielmannszug der Schützengilde, Tessa mit einer Trommel, ich mit der Querflöte. Sie ging dann zur Freiwilligen Feuerwehr, während ich immer mehr Zeit auf dem Segelboot verbrachte; erst auf dem Boot meiner Eltern und dann in der Jolle, die der Verein dem

Sieger der Sommerregatta zur Verfügung stellte. Und das war in meiner Altersklasse meistens ich.

Außerhalb der Schule verbrachten wir immer weniger Zeit miteinander, trotzdem blieb sie meine allerbeste Freundin, die zu mir hielt, wenn ich Probleme hatte und es mir schlecht ging. Bekam sie eine schlechte Note, begleitete ich sie nach Hause, um den ersten Ärger ihrer Eltern abzufangen. Und so machte sie das auch bei mir.

Als sie sich in Tom verliebte, der nichts von ihr wissen wollte, war ich für sie da. Natürlich freute sie sich über mein Glück mit Jannis, aber ich wusste, dass sie manchmal traurig war, weil wir nun fast gar keine Zeit mehr miteinander verbrachten.

»Ich gönn dir deinen Jannis, aber manchmal hab ich ihn auf den Mond gewünscht«, sagte sie am Abend nach seiner Abreise, als wir beide auf einer Decke ein wenig abseits von den anderen am Pool bei Samantha saßen. Wie ihre Schwester Jenifer lädt auch sie jedes Jahr zu einer Geburtstags-Poolparty ein. Ihre Eltern haben eine Menge Kohle und das merkt man, sobald man durch die Gartenpforte tritt und auf dem gepflasterten Weg zum Haus geht. Der Garten ist eigentlich ein großer Park mit alten riesigen Bäumen und mittendrin der Pool.

Tessa hatte mich überredet mitzukommen. Große Lust hatte ich nicht, aber alles war besser, als am Abend alleine zu Hause zu hocken und weiter auf eine Nachricht von Jannis zu warten, der sich den ganzen Tag nicht gemeldet hatte. Eine gefühlte Ewigkeit. Albtraum würde es noch besser treffen. Irgendwie hatte ich geahnt, dass es passieren würde.

»Trink erst mal was! Dann fühlst du dich gleich besser.« Die orangefarbene Flüssigkeit im Cocktailglas, die Tessa mir vor die Nase hielt, roch nach Wodka. Ich schüttelte den Kopf. Ich mochte keinen Wodka.

»Mensch, Lilly, Wochenende! Zwei Tage keine Schule und ein Bombenwetter! Wenn das kein Grund zum Feiern ist!«

»Für mich nicht!«

»Ey komm! Glaubst du etwa, Jannis sitzt auf Mallorca und trinkt Wasser und trauert?«

Ich schüttelte wieder den Kopf. Genau das war ja das Problem.

»Der sitzt am Strand, den Strohhalm im Sangriaeimer und ist zu besoffen, um sein Handy aus der Hose zu ziehen.« Sie hielt mir das Cocktailglas hin.

Auf einmal hatte ich großen Durst und trank das ganze Glas leer, ohne abzusetzen. »Äh bäh! Was ist das?«

»Happy Honey Cocktail mit Grapefruit und Honig.«

»Noch einen!«

»Na, also. Nach dem dritten hast du ihn vergessen ... für heute wenigstens.« Sie nahm mein leeres Glas und kam mit einem vollen zurück. Auch das stürzte ich ohne abzusetzen hinunter. Es schmeckte noch bitterer.

»Extraportion Wodka!«, erklärte Tessa und grinste mich an.

Ich brauchte beide, bis sich ein dichter Nebel vor die Bilder in meinem Kopf legte. Nach dem dritten Cocktail konnte ich sogar den Gedanken ertragen, dass Jannis mit Sicherheit nicht nur mit seinen Freunden am Strand saß, sondern auch mit den wunderschönen sexy Mädchen, die zu seiner Abiklasse gehörten, einschließlich Jenifer.

»Und jetzt komm mit. Sam ist schon sauer. Alleine rumsitzen kannst du auch zu Hause!«

Beschwingt und ein wenig schwankend lief ich hinter ihr her zum Pool, wo die anderen fröhlich und ebenfalls nicht mehr ganz nüchtern Samanthas 15. Geburtstag feierten.

Direkt am Pool war ein Buffet aufgebaut mit allem, was man sich wünschen konnte: von Hackbällchen über Pizzabaguette bis zu Obstsalat. Ein Angestellter grillte. Es gab auch eine Getränkebar, an der eigentlich kein Alkohol ausgeschenkt wurde. Aber kaum waren Sams Eltern ins Theater verschwunden, kamen von allen Seiten die eingeschmuggelten Flaschen, meistens Wodka, zum Vorschein. Aus dem fruchtigen Obstcocktail mit alkoholfreiem Sekt wurde ein hochprozentiges Obstwodkagemisch. Der Angestellte am Grill grinste dazu nur. Er war wohl nicht zum Aufpassen eingestellt worden.

Die Stimmung war super und stieg weiter mit jeder geleerten Wodkaflasche.

Die Einladung zu Sams Party war heiß begehrt, aber nur die besten Freunde bekamen sie und die, von denen sie irgendetwas wollte. Ich war das erste Mal dabei. Und so richtig verstand ich auch nicht, warum ich diesmal die große Ehre hatte. Ich hatte nichts gegen Samantha, aber beste Freundinnen waren wir nicht.

Wahrscheinlich war ich eher so eine Noteinladung, weil irgendjemand abgesagt hatte. »Ich würde mich freuen, wenn du kommst«, hatte Samantha mir erst gestern gesagt und mir eine lavendelfarbene Einladungskarte in die Hand gedrückt. »Du kannst auch eine Freundin mitbringen.«

Ich wollte direkt absagen. Aber Tessa war schon immer verrückt nach diesen Poolpartys gewesen und ohne mich wäre sie nicht hereingekommen.

»Absagen?«, hatte sie mich entsetzt gefragt, als ich ihr davon erzählte. »Das sind die coolsten Partys des Sommers! Du nimmst mich mit. Und wenn wir einmal dazugehören, können wir da immer hin.«

»Aber das will ich doch gar nicht! Und wenn Jenifer zurück kommt, ist es ohnehin vorbei. Oder glaubst du, die lässt ausgerechnet mich 'ne Party bei sich am Pool feiern? Sam wird mich dann nicht mehr einladen dürfen!«

»Aber lass uns wenigstens morgen gehen. Jenifer ist auf Mallorca«, sagte Tessa. »Komm, Lilly. Ich wollte da schon immer mal hin.«

Ihr zuliebe sagte ich Samantha zu, die sich darüber ehrlich zu freuen schien. »Die Zeit vergeht schneller, wenn man Party macht«, sagte sie und zwinkerte mir zu.

Und jetzt nach dem dritten Wodka sah ich das auch so. Der Nebel in meinem Kopf wurde von Minute zu Minute dicker. Zusammen mit Tessa und Sam fand ich mich irgendwann auf einer Decke neben dem Pool wieder.

Sam legte den Arm um mich. »Schön, dass du gekommen bist.« Sie prostete mir zu.

»Deine Schwester wird das bestimmt nicht schön finden, wenn sie es erfährt.« Ich weiß auch nicht mehr, warum ich das sagte. Ich ärgerte mich über mich selbst, aber Sam grinste nur.

»Sie muss es ja nicht erfahren. Und wenn doch, ist es auch egal. Ich suche mir meine Freunde selber aus!« Das klang ziemlich bestimmt und nicht so, als ob Sam und ihre Schwester sich besonders gut verstehen würden.

»Ich bin froh, dass sie weg ist«, fuhr Sam fort. »Sie kann manchmal ganz schön nervig sein, oder?«

Ich nickte. Sam lachte laut und hielt mir wieder ihr Glas hin: »Prost! Auf meine nervige Schwester! Dass sie möglichst lange fortbleibt!«

Trotz meines benebelten Kopfes war mir das etwas unangenehm, was Sam aber nur sehr lustig fand. Nach einer kurzen Pause fragte sie: »Du und Jannis, ihr seid zusammen? So richtig?«

Ich nickte.

»Wow! Du bist ganz schön mutig! Spannst meiner Schwester den Freund aus.«

»Also ich …« Das war mir mehr als peinlich. Außerdem

stimmte es ja gar nicht. Aber ehe ich das noch erklären konnte, fing Sam wieder an zu lachen.

»Entspann dich, Lilly. Ich finde es echt cool, dass jemand dieser Bitch endlich mal eins ausgewischt hat.«

Tessa kicherte. »Na, beste Freunde seid ihr wohl nicht!«

Sam schüttelte den Kopf. »Von mir aus kann sie für immer auf der Insel bleiben! Aber Lilly ist sicher froh, wenn die Mallorcawoche schnell vorbei ist und Jannis zurückkommt, oder?«

Etwas verlegen murmelte ich: »Ich kann mich auch ohne ihn amüsieren!«

Sam grinste. »Schön für dich. Was schreibt er denn so?«

»Es geht ihm gut. Er denkt an mich und vermisst mich.« Das hoffte ich zumindest.

Tessa, die auch nicht mehr ganz nüchtern war, fing an zu kichern. »Er schreibt gar nix mehr. Darum badet Lilly in Wodka.«

Ich konnte nicht glauben, dass sie mir so in den Rücken fiel, das war bestimmt der Wodka. »Er wird morgen schreiben. Er …«

Sam legte den Arm um mich. »Die Hoffnung stirbt zuletzt. Aber du solltest nicht zu lange warten. Die Nächte sind heiß am Ballermann. Hier …« Sie hielt mir ihr Handy vor die Nase. Es waren Fotos von heute. Fotos von Mallorca. Fotos von Jannis.

Jannis am Strand liegend neben …

Es musste der Wodka sein. In meinem Kopf drehte sich alles. Ich schloss die Augen ganz fest, öffnete sie wieder, das Foto war das gleiche: Jannis am Strand liegend. Neben ihm ein roter Eimer mit zwei Strohhalmen. Jannis auf dem Bauch am Strand liegend, den Kopf zwischen den gebeugten Armen und neben ihm hockend Jenifer in einem knappen roten Bikinihöschen und oben ohne.

»Oh wow!« Tessas entsetzte Stimme neben mir. »Was macht sie da?«

»Wonach sieht das denn aus? Jen reibt ihn mit Sonnenmilch ein«, sagte Sam. »Das war vor … lass mal sehen … fünf Stunden. Was die beiden zurzeit machen, kann man sich denken.« Sie lachte, Tessa hatte es die Sprache verschlagen.

Ich kämpfte mit den Tränen. Warum zeigte sie mir die Fotos? Sie wusste doch, dass ich mit Jannis zusammen war! *Ich* und nicht Jenifer!

»Sorry, Lilly. Ich denke, du solltest es wissen. Hast du gedacht, meine Schwester hat ihn aufgegeben? Doch nicht Jen! Die bekommt immer, was sie will. Bei meinen Eltern, bei den Lehrern …«

Und bei Jannis. Mein schlimmster Albtraum war wahr geworden.

»Das ist manchmal echt ätzend, aber so ist sie nun mal«, meinte Sam. »Sie ist meine Schwester, da kann man nichts machen, aber befreundet sein, möchte ich nicht mit ihr. Sie will ihn zurück. Und vielleicht ist sie schon am Ziel!«

»Wie am Ziel?« Wenn ich doch nur nicht so viel Wodka getrunken hätte!

»Mensch, Lilly! Im Bett natürlich! Sex mit dem Ex …« Sie kicherte.

»Doch nicht mit Jannis!!! So einer ist er nicht!«

Sam klopfte mir mitleidig auf den Rücken. »Ganz schön naiv bist du!«

Mir war auf einmal übel, kotzübel. Ich musste würgen. Tessa konnte mir gerade noch einen der aufgestellten Mülleimer vor das Gesicht halten, bevor ich die Wodkacocktails und jede Menge Magensäure auskotzte.

»IIIHH!« Sam hielt sich die Nase zu. »Komm mit, ich zeige dir das Klo. Da kannst du dich frisch machen.«

Ich stolperte hinter ihr her ins Haus in das Badezimmer und spülte meinen Mund mit kaltem Wasser aus. Übel war mir immer noch. Es lag ja auch nicht am Wodka.

»Du solltest duschen. Da ist Wodkakotze auf deinem Bikini.«

Sam blieb im Raum, während ich mich abduschte. Das warme Wasser spülte auch meine Tränen weg. Ich wollte nicht, dass sie mich weinen sah.

Plötzlich zog sie den Vorhang zur Seite und betrachtete meinen nackten Körper interessiert. »Du bist hübsch, sehr hübsch sogar ... Warum setzt du das nicht ein?«

»Wie? Was einsetzen?« Es gefiel mir nicht, wie sie mich ansah. Obwohl ich am liebsten die ganze Nacht unter dem warmen Wasserstrahl geblieben wäre, beeilte ich mich, drehte den Wasserhahn zu und trocknete mich ab.

»Warum schickst du ihm kein Foto?«

»Was für ein Foto?«

»Von dir ... oben ohne oder besser noch ...«, sie zog mir das Handtuch weg, »ganz nackt.«

»Bist du verrückt?«

Sam lächelte. »Willst du ihn zurück oder nicht?«

»Wieso zurück? Wir sind doch zusammen.« Mein Kopf brummte. Dieses Gespräch war total absurd.

»Zusammen? Du und Jannis?« Sam lachte leise. »Hast du das Foto vergessen? Sonne, Sangria, Sonnenmilch, Jenifer neben Jannis ... auf Jannis ... Jannis auf Jenifer ... Du hier, meine Schwester bei Jannis ...«

Ich hielt mir die Ohren zu. »Hör auf!«, schrie ich, so laut ich konnte.

Sam lachte. »Es ist ja nur ein Tipp. Ich würde es machen, wenn ich du wäre. Glaub mir, ich kenne meine Schwester.«

»Ich soll ihm ein Nacktfoto von mir schicken?« Ich konnte mir nicht vorstellen, dass Jannis das mögen würde.

»Zeig ihm, was er aufgibt, wenn er mit meiner Schwester rummacht.« Sie hob ihr Handy hoch. »Soll ich das Foto machen?«

Erschrocken hielt ich das Handtuch vor mich. »Lass das! Hör auf! Ich … ich denk darüber nach.«

Sam lachte wieder. »Denk nicht zu lange. Sonst ist es zu spät! Mit Denken kommst du hier nicht weiter. Ich sag nur: Sonnenmilch!« Lachend ging sie davon.

Ich blieb nackt und verwirrt zurück.

Der Spiegel im Badezimmer war klein, jedenfalls zu klein für eine Ganzkörperbesichtigung. Sam fand mich hübsch. Und Jannis? Bis jetzt hatte er mich noch nie nackt gesehen. Und so hatte ich mir das auch nicht vorgestellt, das erste Mal, wenn er mich ohne Kleidung sehen würde.

Ich hatte mir die Szene schon öfter ausgemalt. Aber darin kamen eine Menge Kerzen, unzählige rote Rosen und romantische Musik vor. Ein Foto hatte überhaupt nichts Romantisches.

Aber hier ging es ja auch nicht um Romantik. »Zeig ihm, was er aufgibt, wenn er mit meiner Schwester rummacht«, hatte Sam gesagt. Warum sagte sie so etwas? Wollte sie mich nur ärgern oder verhindern, dass ihre Schwester bei Jannis Erfolg hatte und wieder mal bekam, was sie sich in den Kopf gesetzt hatte?

Ich jedenfalls wusste in diesem Moment genau, was *ich* wollte. Ich musste diese Fotos machen, wenn ich Jens Pläne durchkreuzen wollte. Und es gab nichts, was ich mehr wollte.

Aber nicht hier. Ich musste meine Haare vorher waschen und meine Haut eincremen, damit sie schimmerte. Ich musste nach Hause, so schnell wie möglich.

Draußen am Pool war die Stimmung auf dem Höhepunkt angekommen. Die Mädchen liefen kreischend umher, von den Jungen verfolgt, die sie einfingen und in den Pool warfen. Gerade war Tessa an der Reihe. Sie fiel mit einem großen Platsch ins Wasser, sodass alle, die am Beckenrand standen, überschwemmt wurden. Die meisten waren ohnehin schon nass. Ich hätte mir das Duschen sparen können.

»Los, Lilly, jetzt du!«, schrie Tessa und winkte mir zu.

Bevor ich noch protestieren konnte, packte Benno meine Füße, Josef meine Arme und schon lag ich neben Tessa im Wasser. Alle fanden das sehr lustig, ich lachte mit, auch wenn mir eigentlich nach Heulen zumute war.

Sobald wir aus dem Pool geklettert waren, trocknete ich mich ab und sammelte meine Sachen ein.

»Willst du schon gehen?« Tessas Stimme konnte man die Enttäuschung anhören.

»Lilly hat noch was vor!«, sagte Sam geheimnisvoll und lachte.

»Willst du noch woandershin?«

»Ich bin einfach nur müde. Aber du kannst doch hierbleiben.« Als ich Sam fragend ansah, nickte die nur.

»Klar doch! Bei dem, was Lilly vorhat, kann sie dich eh nicht gebrauchen.« Dabei zwinkerte sie mir zu. »Und denk nicht zu lange nach! Ich sage nur: Sonnenmilch!«

Je weiter ich mich von Sams Haus entfernte, desto absurder kam mir die Idee mit den Fotos vor. Ich war sicher, dass so eine Aktion Jannis nicht gefallen würde.

Zu Hause traf ich auf Jannis' Eltern, die zum Grillen eingeladen waren. Sie begrüßten mich wie immer sehr freundlich. »Hast du schon was von Jannis gehört?«

Ich schüttelte den Kopf.

»Der wird sich schon melden. Wollte er nicht einen Surfkurs machen? Da wird er total ausgepowert sein.«

Vielleicht war das ja tatsächlich der Grund für sein

Schweigen und ich machte mir umsonst Sorgen. Wenn da nur nicht dieses Foto von ihm und Jenifer am Strand gewesen wäre.

Ich wünschte, Sam hätte es mir nie gezeigt. Aber sie hatte es ja nur gut gemeint. Sie kannte ihre Schwester und wollte mich warnen. Sie hatte mir einen Weg gezeigt, Jen aufzuhalten.

Aber noch war ich nicht so weit, weil ich Jannis trotz der Strandfotos vertraute.

»Wie geht es dir? Was machst du so?«, schrieb ich Jannis darum nur und schickte zehn rote Herzen mit, bevor ich mich ins Bett legte und irgendwann einschlief.

Fünf

Am nächsten Morgen war endlich eine Nachricht von Jannis da. »Sorry, war busy. Sonne scheint, Stimmung gut. Mädels heiß …«

War busy? Was sollte das denn heißen? Busy, womit? Oder sollte ich besser fragen: Mit wem?

Mädels heiß???

Das hatte er nicht wirklich geschrieben?!

Hatte er doch!

Mein Bauch fing an zu grummeln, wie immer, wenn ich Angst bekam, und die Zweifel, die ich gestern Abend noch verscheuchen konnte, krochen nun wieder in mir hoch. Stimmung gut! Na toll, was sollte das heißen? Hatte Sam recht? Was hatte er in der letzten Nacht gemacht? Alleine geschlafen oder mit Jenifer?

Ich war fertig mit den Nerven, als die nächste Nachricht von ihm ankam: »Haha. Scherz!!!!! Mach dir keine Sorgen. 143!«

Über diesen Scherz konnte ich nicht lachen. Aber immerhin hatte er *143* geschrieben! *I Love you!* Darauf hatte ich einen ganzen Tag lang sehnsüchtig gewartet. Doch nun konnte selbst diese Botschaft meine Zweifel nicht mehr besiegen. Wenn ich nur die Fotos nicht gesehen hätte! Ich war wütend und traurig gleichzeitig.

Ich wusste nicht einmal mehr, was ich ihm jetzt antworten sollte. Das war mir noch nie passiert.

143? Konnte ich mich darauf noch verlassen?

Und wenn ich ihm doch ein Nacktfoto von mir schickte? Vielleicht hatte Sam ja recht.

Aber was würde er von mir denken?

Und was, wenn er mich nicht hübsch fand?

Nicht so hübsch wie Jen?

Ich konnte an nichts anderes mehr denken.

Zum Glück musste ich das auch nicht. Es war Samstag, meine Eltern machten mit Jannis' Eltern übers Wochenende einen Berlinbesuch. Niemand war da, der mir besorgte Fragen stellen konnte, weil ich nichts essen mochte, oder der den Grund meiner schlechten Laune ergründen wollte. Ich hatte alle Zeit der Welt, um die Operation Nacktfoto durchzuführen.

Ich stellte mich nackt vor den großen Spiegel in meinem Zimmer und betrachtete mich. Meine Brüste waren klein, eigentlich sogar richtig mickrig. Und der Rest? Ich war nicht der zarte Typ so wie Jen oder Sam. Die beiden waren wie ich Mitglied im Segelklub, hatten aber nur den Ehrgeiz als Mitsegler im knappen Bikini an Bord eine gute Figur zu machen. Für mich war Segeln ein Sport, ich wollte bei einer Regatta siegen, nicht gut aussehen. Und beim Training dafür baute man eben Muskeln auf.

Aber wenn er doch lieber zarte Mädchen mochte?

Ich probierte verschiedene Posen aus, bei denen ich meine Arme verstecken konnte. Oder sollte ich nur ein Brustbild schicken? Wenn ich aber daran dachte, wie Jens Brüste über Jannis' Rücken baumelten, wurde mir ganz schlecht. Damit konnte ich nicht konkurrieren. Meiner wollte einfach nicht wachsen. Vielleicht sollte ich einen Bikini anziehen und den Busen ausstopfen?! Aber wenn Jen auf Mallorca offenbar oben ohne herumlief, musste ich das Gleiche bieten oder noch besser mehr, sonst konnte ich es gleich lassen.

Schließlich rief ich Tessa an. Die war entsetzt.

»Nacktfoto? Bist du irre? Wie kommst du auf so eine Idee?«

»Das ist Sams Idee, damit Jannis nicht auf dumme Gedanken kommt … mit Jenifer … Ich kann doch nicht einfach zusehen, wie sie ihn verführt. Ich muss doch was tun!«

»Du könntest ihm vertrauen!«

»Tu ich ja, aber das Foto mit Jenifer. Du hast es doch auch gesehen!«

»Und wenn er dein Nacktbild herumzeigt? Jungs machen so was. Für die ist das so was wie ein Wettbewerb: Wer hat die Freundin mit den größten Titten?«

Ich musste lachen, es war zu absurd. Jannis bei einem solchen Wettbewerb? Niemals!

»Das ist nicht komisch, Lilly!« Ich spürte, wie Tessa langsam wütend wurde.

»Tut mir leid, aber was soll denn schon passieren? Wir reden von Jannis und nicht von irgendeinem perversen Freak. Außerdem schreibe ich 4YEO, *for your eyes only*.«

»Mann, bist du naiv! Warte! Ich komme rüber!«

Ich hatte kaum aufgelegt, als sie durch die offene Terrassentür hereinstürmte. »Das kannst du nicht machen!!!« Hundert Ausrufezeichen hatte der Satz. Mindestens.

»Sam sagt …«

»Sam sagt hier … Sam sagt da … ich würd aufpassen, was diese Bitch sagt!« Tessa war richtig wütend. Oder vielleicht auch eifersüchtig, weil mir Sams Worte wichtiger waren als ihre. »So einen Rat gibt man einer Freundin nicht.«

»Sie ist nicht meine Freundin.«

»Genau, und darum solltest du aufpassen, was sie dir sagt.«

»Aber sie hat recht. Du hast doch das Foto von Jannis und Jen gesehen. Ich muss ihm zeigen, dass ich mehr habe … Busen, meine ich …«

»Sagt wer?«

»Sam.«

Tessa verdrehte die Augen. »Wenn Jannis dich liebt, dann ist ihm das egal, ob dein Busen eine Körbchengröße mehr braucht oder nicht. Und wenn ihm das nicht egal ist … dann schieß ihn in den Wind.«

Sie hatte ja recht: Mein Kopf wusste das auch. Aber mein Bauch und mein Herz und ich als Ganzes … Ich konnte ihn nicht in den Wind schießen und schon gar nicht kampflos Jenifer überlassen.

»Wir gehen shoppen«, beschloss Tessa. »Du musst auf andere Gedanken kommen. Sonst schickst du ihm doch noch das Scheißfoto. Und das wirst du dein ganzes Leben bereuen!«

Von ihr würde ich keinen anderen Rat bekommen, so viel war schon mal klar. Das Foto musste also warten, bis ich wieder alleine war. Ich ärgerte mich, dass ich Tessa angerufen hatte. Nun verlor ich wertvolle Zeit. Jenifer würde auf Mallorca nicht untätig herumsitzen. Sie hatte genau eine Woche, um Jannis zurückzugewinnen. Und dass sie die Zeit nutzen wollte, hatte sie ja sogar angekündigt.

Wir gingen also shoppen, aber es war nicht wie sonst. Ich hatte anderes im Kopf, als ein T-Shirt zu kaufen, das ich gar nicht brauchte. Tessa gab sich große Mühe. Sie schleppte mich von einer Boutique in die nächste.

Am Nachmittag hatte ich zum Glück Segeltraining. Wie so oft blies der Wind auf dem See meine Sorgen davon. Als Merle mich nach Jannis fragte, konnte ich fröhlich antworten, dass alles in Ordnung war.

Erst zu Hause holten mich meine Ängste wieder ein. Keine Nachricht von Jannis, dafür eine von Sam.

»Zur Info!«, schrieb sie und dann folgten fünf Fotos, die eins gemeinsam hatten: Auf allen waren Jannis und Jen zu sehen. Es waren keine Selfies, also musste eine dritte Person dabei gewesen sein. Ich vergrößerte die Bilder, studierte jedes Detail. Sie lachten fröhlich – oder eher glücklich verliebt? – in die Kamera. Es konnte harmlos sein oder auch nicht.

Auf einem Foto hatte Jenifer ihren Arm um Jannis gelegt und schaute ihn eindeutig verliebt an. Und Jannis? Er schaute in die Kamera, nicht auf sie.

Keine Ahnung, wie lange ich auf dem Bett gesessen und die Fotos angestarrt hatte. War es schon zu spät? Dass Jenifer noch Gefühle für ihn hatte, wusste ich ja längst. Aber was fühlte Jannis? Vielleicht war es ja noch nicht zu spät. Vielleicht war ja noch gar nichts passiert. Vielleicht hatten sie ja nur das Kriegsbeil begraben und Freundschaft geschlossen. Nicht, dass ich das gut gefunden hätte, denn Jenifer wollte mehr als Freundschaft.

Und wenn diese Bilder den Anfang eines Neuanfangs zeigten? Es gab genügend Leute, die meinten, Jen passe besser zu Jannis, schon vom Alter her. Ich sei doch nur ein Kind, ein Spielzeug, aber nichts Ernstes. Das hatte mir Kevin, Jannis' bester Freund neulich zu verstehen gegeben.

Als Tessa anrief, ging ich nicht ran, denn sie hätte sicher verhindern wollen, was sich nicht verhindern ließ, wenn ich Jannis nicht ganz verlieren wollte. Ich musste dieses Foto machen und ihm schicken. Worte reichten nicht aus. Nicht, wenn 1600 Kilometer zwischen uns lagen und Jen in seinem Hotel direkt im Nachbarzimmer schlief – hoffentlich tat sie das! – und offenbar alles daran setzte, Jannis zurückzuerobern.

Ich duschte mich und cremte mich mit meinem Lavendelöl ein, dessen Duft Jannis so liebte. Total bescheuert war das, weil er das auf dem Foto ja nicht riechen konnte. Mehr Sinn machte die Glanz versprechende Lotion, mit der ich mein Haar spülte. Beim Föhnen ärgerte mich zum ersten Mal in meinem Leben, dass meine Haare nicht so lang wie

Jens waren. Beim Segeln würden sie mich nur stören, aber nun wären sie wichtig gewesen. Ich hätte sie wie ein Tuch um meine nackten Schultern wehen lassen können.

Hätte, hätte, sie waren nun mal kurz und fertig. Ich musste eben anders überzeugen. Als ich nackt vor dem großen Spiegel stand, dachte ich nur noch an die beste Pose, alles andere war mir egal. Ich drehte meinen Körper so, dass meine kleinen Brüste nicht zu stark auffielen.

So, fertig.

In diesem Moment rief Tessa an, doch ich drückte sie weg.

»!!! 4YEO – *for your eyes only!!!*« Nur diese Worte schrieb ich darunter, umrahmt von Ausrufezeichen. Niemals sollte jemand anders mein Nacktfoto sehen, nicht einmal Tessa würde ich es zeigen. Dann tippte ich auf »Senden« und schickte das Foto auf seinen Weg zu Jannis.

Erleichtert legte ich mich auf mein Bett und wartete. *»Und wenn er dein Nacktbild herumzeigt? Jungs machen so was.«*

Tessas Worte ließen für eine winzige Sekunde Zweifel in mir aufsteigen, ob es wirklich gut war, was ich gemacht hatte. Aber dafür war es jetzt so oder so zu spät.

Trotzdem kontrollierte ich noch einmal, ob ich es in der Eile wirklich an Jannis' Nummer geschickt hatte und nicht an eine meiner Freundinnen. Alles gut! Es konnte nichts schiefgehen.

Und dann begann das Warten. Es war jetzt 23:00 Uhr auf Mallorca. Was machte er gerade? Hatte er sein Handy überhaupt dabei? Wenn er mit Jen am Strand lag, hatte er es sicher auf lautlos gestellt. Vielleicht kam mein Foto ja zu spät für diese Nacht. Oder – und das war fast noch schlimmer – lachte er womöglich über mich mit Jenifer im Arm. Bei dem Gedanken wurde mir übel, diesmal ganz ohne Wodka. Vielleicht war es doch keine so gute Idee gewesen …

Sechs

»Oh wow!!!« Zwei Worte und drei Ausrufezeichen. Aber sie sagten mehr als tausend Worte. Jannis hatte geantwortet. Endlich! »Du bist wunderschön! Ich vermisse dich!«

Er fand mich wunderschön und er vermisste mich! Es war doch eine gute Idee gewesen. Ich tanzte vor Freude durch die ganze Wohnung.

Du bist wunderschön! Ich vermisse dich! Das Leben war schön! Seine Worte summten den ganzen Tag wie ein Bienenschwarm in mir herum.

»Was ist los mit dir?«, wollte meine Mutter wissen, als meine Eltern aus Berlin nach Hause kamen und ich ihnen im Flur entgegentanzte. »Ist Jannis vorzeitig zurückgekommen?«

Ich lächelte selig. »Er hat geschrieben!«

Sie nahm mich in den Arm und hielt mich ganz fest. »Ich wünsche dir so sehr, dass du immer so glücklich sein wirst wie heute! Und wenn es mal Probleme gibt und du brauchst einen Rat, versprich mir, dass du zu mir kommst!«

Ich nickte, obwohl Probleme zwischen mir und Jannis an diesem Tag so weit entfernt waren wie die Erde vom Mond. Unvorstellbar.

Du bist wunderschön! Ich vermisse dich! Alles war gut. Ich war glücklich.

Am Nachmittag feierte Tessa ihren 15. Geburtstag. Es gab keine Riesenparty, es waren auch nur sechs Mädchen da. Wir saßen bei Pizza und Cola auf der Terrasse, aber für mich war die Party tausendmal schöner als die Poolparty bei Sam, weil ich glücklich war.

Du bist wunderschön! Ich vermisse dich! Ich hätte die ganze Welt umarmen können und natürlich fiel meine gute

Stimmung, die diesmal ganz ohne Wodka zustande gekommen war, sofort auf.

»Was ist los mit dir? Ist Jannis wieder da? Hat er es vor Sehnsucht nicht mehr ausgehalten?«, wollte Tessa wissen.

Bevor ich antworten konnte, mischte sich Sam ein. »Der amüsiert sich auf Malle. Und frag nicht, wie! Dabei seid ihr doch noch zusammen, oder?«

Meine Zuversicht platzte wie ein zu stark aufgeblasener Luftballon. »Wie ... Wie meinst du das? Natürlich sind wir noch zusammen!«

»Ach so ... ich dachte ... Na ja, dann habe ich Jen wohl falsch verstanden. Mach dir keine Sorgen! Wenn sie zurückkommen, wird sich schon alles aufklären.«

Mach dir keine Sorgen? In mir krampfte sich alles zusammen. Und was soll sich aufklären? Es war doch alles klar: *Du bist wunderschön! Ich vermisse dich!* Klarer ging es doch nicht.

Oder?

Meine Lust auf Party war jedenfalls vorbei. Meine Kopfschmerzen musste ich nicht einmal mehr vortäuschen. Und so verließ ich auch diese Party vorzeitig, um zu Hause vor dem Badezimmerspiegel ein weiteres Foto zu machen. Diesmal nahm ich nur meine beiden Brüste in Großformat auf. Warum waren sie nur nicht größer? Dafür rieb ich sie dick mit einer goldglitzernden Creme ein. Dann schrieb ich mit rotem Lippenstift quer darüber: »Ich liebe Dich!« Ein Klick und Tschüss.

Auch diesmal musste ich nicht lange warten. Er schickte drei Herzen. Ich war überglücklich und beschloss, weitere Fotos zu senden, jeden Tag eins. So konnte ich die nächsten Tage überstehen, ohne bei dem Gedanken an Jen verrückt zu werden.

Tessa wunderte sich, dass ich auf einmal meine Lust am Shoppen wiederentdeckt hatte, aber sie kam natürlich sofort mit. Shoppen und Tessa gehören einfach zusammen.

»Ich brauche unbedingt einen neuen Bikini!«, erklärte ich ihr.

»Bikini? Du hast doch erst vor zwei Wochen einen gekauft?«

»Ich brauche einen zum Wechseln.«

Die zehn Fragezeichen in ihren Augen konnte ich beim Bikinikauf noch übersehen. Aber als ich mir einen neuen BH und sexy Unterwäsche kaufen wollte, wurde sie misstrauisch. »Was ist los mit dir? Hast du einen neuen Freund?«

»Ich will Jannis ein neues Foto schicken.«

»NEUES Foto? Wie viele hast du ihm denn geschickt???«

»Zwei und er ist begeistert.«

»Klar doch, Jungs steh'n drauf! Aber du bist tot, wenn er diese Fotos rumzeigt.«

»Nicht Jannis!«

»Nicht Jannis? Mensch, Lilly! Ich mag ihn, aber der denkt auch nur mit seinem Penis, wenn es darum geht, vor seinen Freunden zu prahlen.« Tessa war richtig sauer.

Ich ließ sie reden, ich wusste es besser. Ich kannte Jannis mein Leben lang. So etwas würde er nie tun. Vielleicht war er genervt, wenn ich weitere Fotos schickte, weil er ja zu Recht vermuten musste, dass ich mir wegen seiner Treue Sorgen machte. Aber er würde sie NIEMALS weitergeben.

Wenn ich daran auch nur eine winzige Sekunde gezweifelt hätte, hätte ich sie nicht gemacht und schon gar nicht abgeschickt.

Denn natürlich kannte ich auch damals schon die Geschichten von jungen Mädchen und Jungen, deren Nacktfotos plötzlich im Netz erschienen. Meine Eltern, die Lehrer, alle hatten uns gewarnt.

Aber dies hier war anders. Ich schickte sie ja nur an Jannis, den ich mein ganzes Leben kannte und der mich liebte und beschützte. Also was sollte schon passieren?

Tessa aber versprach ich, kein neues Foto mehr zu schicken. »Zwei sind ausreichend«, meinte sie. »Wenn du ihn damit nicht überzeugt hast, nutzen die nächsten hundert auch nichts!«

Sie hatte ja recht. Meine neue Spitzenunterhose wanderte erst mal in die hinterste Schrankecke.

Es waren noch zwei Wochen bis zu den Sommerferien. In der Schule war nicht mehr viel los. Die Noten standen fest, auch wenn die Lehrer versuchten, die Spannung aufrechtzuerhalten, und uns erzählten, dass sie selbst nach den Zeugniskonferenzen noch Änderungen machen könnten, vor allem, wenn man wie ich zu deutlich zeigte, dass man keinen Bock mehr hatte.

Ich hatte andere Sorgen als meine Noten. Meine Gedanken flogen zwischen Mallorca und meinem Leben hier hin und her. Im Klassenraum war nur mein Körper anwesend. Daran änderten auch die Drohungen der Lehrer nichts.

»Lilly! Hier spielt die Musik!«

»Lilly!! Deine Note in Bio ist nur schwach ausreichend. Ich könnte noch eine Fünf daraus machen.«

Meine Mutter würde mir drei Jahre Hausarrest und Handyverbot aufbrummen, wenn ich mit einer Fünf in Bio nach Hause käme. So viel war sicher. Da nützten auch meine Einsen in Mathe, Physik und Chemie nichts. Sie konnte sich schon mit meiner Vier nicht anfreunden.

»Bio ist auch eine Naturwissenschaft. Und die scheinen dir doch zu liegen«, hatte sie nach dem letzten 5er-Test wieder einmal geschimpft.

»Es liegt nicht an Bio, sondern an Frau Strunk. Sie mag mich nicht und ich kann sie nicht ausstehen.«

»Aber sie verteilt die Noten. Wenigstens eine Drei müsste doch zu schaffen sein. Du sollst ja nicht ihre beste Freundin werden.«

Na, das würde in diesem Leben auch nicht passieren. Ich versprach meiner Mutter, mir Mühe zu geben. Aber in diesen Tagen hatte ich die Kontrolle über meine Gedanken verloren. Sie flogen davon, bevor ich sie aufhalten konnte.

Zum Glück waren meine Nachmittage gut gefüllt, sodass ich nicht viel Zeit zum Nachdenken hatte. Montag war wie immer Segeltraining, Dienstagnachmittag verbrachten wir wieder bei Sam am Pool.

Auch wenn Sam nichts dabei fand, fühlte ich mich nicht wirklich wohl. Ich konnte einfach nicht ausblenden, dass dies hier auch Jenifers Zuhause war. Irgendwie fürchtete ich, dass sie plötzlich um die Ecke kommen und mich sehen könnte. Was natürlich Quatsch war, da sie 1600 Kilometer entfernt auf einer Insel saß.

Tessa dagegen fand Sam inzwischen richtig toll, sie fühlte sich geschmeichelt, dass sie von ihr eingeladen wurde. Wenn ich nicht alleine zu Hause herumhängen wollte, musste auch ich Sams Einladung annehmen. Und eigentlich gab es ja nichts Cooleres, als am Pool zu liegen, Cola ohne Wodka zu schlürfen und von Jannis zu träumen.

Auch Sams Eltern waren sehr nett zu mir. Wenn sie dachten, dass ich ihrer Tochter den Freund ausgespannt hatte, ließen sie es sich jedenfalls nicht anmerken. Aber wahrscheinlich wussten sie nicht, dass ich es war, denn sonst hätten sie wohl nur Tessa zum Familiengrillen eingeladen.

Trotzdem war ich unsicher und so fragte ich Sam: »Wissen deine Eltern, dass ich mit Jannis zusammen bin? Sie sind so freundlich zu mir.«

Sam schaute mich etwas verlegen an. Dann schüttelte sie

den Kopf. »Wissen sie nicht und sollen es auch nicht wissen! Also erwähne Jannis besser nicht.«

Das war mir sehr recht. Ich hatte nicht vor, die schönen Stunden hier durch meine Liebesgeschichte mit Jannis zu verderben.

Sams Vater grillte. Wir saßen am Pool, knabberten geröstetes Brot und Bratwurst. Das Leben konnte so schön sein, auch wenn Jannis fehlte. Die letzten Sonnenstrahlen ruhten sich auf meinem Gesicht aus, ich schloss meine Augen.

»Wenn Jen und Jannis zurück sind, werden wir hier ein Willkommensgrillen machen«, sagte Sams Mutter in diesem Moment.

Sams Vater lachte. »Machen wir, mit besonders viel Lammfleisch. Das liebt er doch!«

Als ich mich mit einem Ruck aufsetzte und meine Augen aufriss, schaute Sam mich besorgt an. Sie legte den Finger auf den Mund. »Bitte sag jetzt nichts. Ich kann das erklären.«

»Wieso Jen und Jannis???«, flüsterte ich, immer noch so laut, dass Sam mir erschrocken den Mund zuhielt. »Wissen sie nicht, dass Jannis Schluss gemacht hat?«

Sam schüttelte den Kopf.

»Aber ich bin seit mehr als drei Monaten mit ihm zusammen. Was hat Jen denn erzählt, warum er nicht mehr kommt?«

»Lernen für die Abiklausuren. Meine Eltern fanden das gut. Jannis ist eben sehr ehrgeizig, hat Jen gesagt.«

Das erklärte zumindest, warum Sams Eltern so freundlich zu mir waren.

»Jen hat nichts erzählt, weil sie sicher ist, dass Jannis zu ihr zurückkommt. GANZ SICHER. Das habe ich dir doch gesagt.«

Auf einmal war das Leben nicht mehr so schön. Und wieder zogen die Zweifel in meinen Kopf. Denn Jen war ohne Frage im Vorteil. Sie war mit ihm auf Mallorca und ich saß hier und konnte nichts dagegen tun.

»Hast du ihm ein Foto geschickt?«, wollte Sam wissen.

Ich zögerte, aber Tessa konnte wieder einmal ihren Mund nicht halten. »Nur *ein* Foto?«, rief sie und kicherte. »Jeden Tag *mindestens* eins!!«

»Zeig mal!« Sam streckte die Hand nach meinem Handy aus.

»Hände weg! Keine Chance. Die sind nur für Jannis.« Ich steckte mein Handy in meine Tasche und zog den Reißverschluss zu.

In diesem Moment rief Sams Mutter: »Könnt ihr beim Abdecken helfen, bitte!«

Tessa und ich sprangen sofort auf und liefen zum Grill, wo Sams Eltern mit dem Aufräumen begonnen hatten. In der Küche räumten wir die Spülmaschine ein und wuschen alles mit der Hand ab, was keinen Platz mehr darin fand. Das war das Wenigste, was wir tun konnten.

Als ich später in meinem Bett lag, konnte ich mal wieder nicht einschlafen. Jen hatte noch zwei Tage in Mallorca und die würde sie nutzen. Ich stand auf, zog mich aus und malte mit meinem Lippenstift ein rotes Herz auf meine linke Pobacke. Vor meinem Spiegel machte ich dann ein Foto von meinem Po und schickte es ab.

Diesmal musste ich lange auf eine Antwort warten und die sah auch nicht so aus, wie erhofft.

»?????????? Was soll das, Lilly? Langsam nervt es!« Kein »Ich liebe Dich«, kein »Ich habe Sehnsucht nach Dir!« Er war nur genervt.

Auf mein »Es tut mir leid!« kam keine Antwort mehr. Er war wirklich genervt! Aus meinem Bauch kroch die Angst hervor, dass ich ihn nun genau dahin getrieben hatte, wo ich ihn nicht haben wollte: in Jenifers Arme. In drei Tagen würde er zurückkommen, dann würde ich es wissen. Drei Tage und drei Nächte. Wie sollte ich die nur überleben?

Sieben

Die folgenden Stunden werde ich wohl nie vergessen! Es begann mit einer Nachricht von Peer, der auch mit auf Mallorca war. »Geile Fotos, Lilly!!« Daneben ein grinsendes Gesicht.

Die Buchstaben tanzten vor meinen Augen. Aber bevor ich die Nachricht richtig begriff, rauschte schon die nächste herein, und dann noch eine: »Hot, hotter, Lilly!«

Es waren alles Jungen aus der Abistufe, die mit auf Mallorca waren. Woher hatten sie meine Fotos?

Hatte Jannis sie doch weitergezeigt?

Aber das konnte nicht sein!

Niemals!

Nicht Jannis!

Oder doch?

Mein Magen spielte verrückt. Auf der Toilette spuckte ich das Abendessen wieder aus. Aber auch danach fühlte ich mich nicht besser, wenn ich daran dachte, dass genau jetzt auf Mallorca unzählige Augen auf meinen nackten Körper und meine Brüste in Großformat starrten.

Und in zwei Tagen kamen sie zurück.

Spätestens dann würden es alle wissen. Im Dorf, in der Schule, im Segelverein. Es würde keinen Ort mehr geben, an dem ich vor ihren Blicken sicher war.

Die schlimmste Nachricht aber kam von Jannis: »Ich bin sehr enttäuscht! Das hätte ich nicht von dir gedacht! 4YEO??? Warum schickst du sie dann an die ganze Abistufe??«

Ich??? Die ganze Abistufe???

In meinem Kopf drehte sich alles: Jannis, wie kannst du so etwas von mir denken! Ich habe die Fotos nicht mal Tessa gezeigt. Ausgerechnet ich sollte meine Nacktfotos an andere Jungs geschickt haben?

Kennst du mich denn so wenig??

Wenn du nur wüsstest, wie lange ich überlegt habe, bevor ich sie überhaupt abgeschickt habe. Und dann auch nur 4YEO. Die Nummern der anderen kenne ich doch gar nicht! Wie gerne hätte ich ihm das alles persönlich gesagt. Während ich noch überlegte, ob ich ihn anrufen sollte, kam mir ein anderer schrecklicher Gedanke, den ich anfangs schnell verscheuchte, der sich aber dann doch in mir ausbreitete: Da ich die Fotos ja nur an Jannis geschickt hatte, konnte es auch nur einen geben, der sie weitergeleitet hatte: Jannis! Und genau das schrieb ich ihm auch. Aufgeregt, verletzt und mit dem Wissen, dass ich unschuldig war: »Du hast sie verbreitet, nicht ich! Du bist enttäuscht?? Frag mich mal, was ich bin! Ich hasse dich dafür!!!«

Während ich auf seine Antwort wartete, grübelte ich weiter, denn eigentlich war es ja unvorstellbar, dass Jannis dahintersteckte. Vielleicht hätte ich nicht so heftig reagieren sollen. *Ich hasse dich dafür*! Wie konnte ich das nur schreiben? Hoffentlich verstand er, wie verletzt ich war.

Vielleicht hatte er sein Handy aus Versehen irgendwo liegen gelassen und ein Fremder hatte es gesehen und die Fotos weitergeleitet. Aber es war ja passwortgeschützt. Also eher einer seiner Freunde. Kevin, Roger und wie sie alle hießen. Allerdings gehörte Peer nicht zu seinen Freunden. Im Gegenteil. Jannis meinte sogar, dass Peer ihn hasste. Er war jahrelang Kapitän der Schulbasketballmannschaft gewesen, bis der Trainer diese Aufgabe zu Beginn des letzten Schuljahres an Jannis vergeben hatte.

Und dieser Trainer war ausgerechnet mein Vater. Alle wussten natürlich, dass Jannis und meine Eltern Freunde waren und so konnte Peer das Gerücht verbreiten, dass Jannis nur deshalb Kapitän geworden war. Dass Peer wochenlang wegen eines gebrochenen Fußes nicht spielen konnte und auch danach nicht wieder hundertprozentig fit war, spielte für Peer keine Rolle. Für ihn war Jannis der Schuldige, vor allem, als das Basketballteam unter Jannis' Führung zum ersten Mal die Stadtmeisterschaft gewann, während Peer auf der Ersatzbank sitzen und zusehen musste.

Ihm traute ich so etwas zu. Mit Nacktfotos von mir konnte er auch Jannis ganz furchtbar blamieren. Seht her: Jannis' Freundin – eine Schlampe!

Oder war es – und der Gedanke gefiel mir noch weniger – Jenifer? Es wäre sicher sehr leicht für sie, am Strand, wenn Jannis im Wasser war, sein Handy zu durchsuchen. Sein Passwort war sein Geburtsdatum und das kannte sie natürlich. Vielleicht wollte sie sehen, was wir uns schrieben, und war dabei auf die Fotos gestoßen. Je länger ich darüber nachdachte, desto sicherer wurde ich: Es konnte nur Jenifer gewesen sein. Die Fotos wären die beste Möglichkeit, mich vor Jannis und der ganzen Welt lächerlich zu machen.

Jannis' Antwort war der nächste Schock: »Die Fotos kamen von deinem Handy. Peer hat mir seins gezeigt. Es ist deine Nummer. Das ist ein Fakt! Lilly, du und nur du bist verantwortlich. Wie konntest du nur??«

Da verstand ich gar nichts mehr. Es war der schlimmste Albtraum meines Lebens, dachte ich wenigstens, aber da wusste ich nicht, dass es noch schlimmer kommen konnte.

Verzweifelt durchsuchte ich meine Postfächer auf dem Handy. Vielleicht hatte ich ja aus Versehen … So ein Quatsch. Ich kannte die Nummer von Peer doch gar nicht. Außerdem war nur eine Nachricht von meinem Handy gesendet worden: die an Jannis. Das konnte ich jedem beweisen.

Aber warum sollte Jannis lügen? Nein, das ergab keinen Sinn.

Wie immer, wenn ich nicht weiterwusste, rief ich Tessa an. Die brauchte diesmal nur eine Minute, bevor sie bei mir erschien, obwohl es bereits weit nach Mitternacht war. Als sie meine verweinten Augen sah, nahm sie mich in den Arm. »Egal, was es ist, wir schaffen das gemeinsam!«

Und das ging natürlich nur, wenn sie alles wusste. Also zeigte ich ihr meine drei Fotos.

Sie schlug die Hände vor den Mund, zog die Luft ein und pustete sie wieder aus. »Oh … mein … Gott, Lilly! Die hast du ihm geschickt?«

Ich konnte nur nicken, während mir erneut die Tränen in die Augen schossen.

»Hat er dich vorher … ich meine … richtig … nicht als Foto … so gesehen?«

Ich schüttelte den Kopf. »Wir haben nur gekuschelt, geküsst, aber mehr ist nicht gewesen.«

»Ich meine, du bist wirklich wunderschön, Lilly. Aber vielleicht hätte er das lieber nicht über Fotos rausgefunden.«

Sie hatte ja so recht, aber das half jetzt auch nicht weiter. Ich dachte daran, wie genervt Jannis beim dritten Foto gewesen war.

»Aber soooo schlimm ist das doch auch nicht«, versuchte Tessa mich zu trösten, wobei sie das Schlimmste ja noch nicht mal wusste.

Und dann zeigte ich ihr die Nachrichten auf meinem Handy. Nun war sie richtig entsetzt. »Die ganze Abistufe? Lilly!!! Wie konnte das passieren?«

»Keine Ahnung!« Ich war froh und dankbar, dass sie mir keine Vorwürfe machte. Nicht ein Mal sagte sie, sie hätte mich doch gewarnt. Sie war einfach nur da, tröstete mich und überlegte mit mir, wer das gemacht haben könnte.

»Du warst es auf gar keinen Fall«, sagte sie. »Und wie Jannis so etwas denken kann, verstehe ich überhaupt nicht. Welches Mädchen schickt denn einfach so seine Nacktbilder in der Schule herum? Schlampen! Und dass er dir das zutraut.« Sie schüttelte den Kopf. »Unfassbar.«

»Ich habe nicht mal die Handynummern von Jannis' besten Freunden.«

»Na ja, vielleicht war es ja doch Jannis. Vielleicht wollte er mit dir angeben. Jungs tun so was. Ich hab gelesen, dass manche sogar Listen führen, wie viele Mädchen sie schon flachgelegt haben. Das ist ein richtiger Wettbewerb.«

»Aber doch nicht Jannis!«

»Wer dann? Jemand muss die Fotos von seinem Handy übernommen haben.«

»Jannis schreibt, sie kommen von meinem Handy.«

Tessa starrte mich ungläubig an: »Von deinem Handy? Aber wie kann das denn sein? Warum hast du sie bloß nicht gleich gelöscht?«

Gute Frage, aber dafür war es jetzt zu spät.

»Also muss sie jemand von deinem Handy weitergeschickt haben.«

Ich zeigte ihr meine gesendeten Nachrichten. Außer an Jannis waren keine Fotos herausgegangen.

»Das ist überhaupt kein Beweis!«, meinte Tessa. »Wer auch immer das gewesen ist, hat die Kontaktdaten und die Nachricht gelöscht, sodass es keine Spuren mehr gibt.«

Tessa holte ein Blatt Papier und wir gingen die letzten Tage durch. Ich war froh, dass sie da war und die richtigen Fragen stellte. Ich war viel zu durcheinander und traurig, um einen klaren Gedanken zu fassen.

»Also los, Lilly. Reiß dich zusammen. Die Fragen lauten: Wer wusste von den Fotos und wann hätte wer unbemerkt an dein Handy gehen können?«

Ich gab mir große Mühe, aber in meinem Kopf gab es nur die Bilder von meinem nackten Körper, die einen wilden Tanz aufführten.

Das erste Foto hatte ich vor drei Tagen am Samstag gemacht, das zweite am Sonntag. Also kamen nur die letzten beiden Tage infrage.

»Sam wusste von den Fotos. Es war sogar ihre Idee, dass ich sie machen sollte.«

Tessa tippte sich mit dem Finger an die Stirn. »Und hast du vergessen, warum sie das wollte? Damit er dir treu bleibt und ihre Schwester sich nicht an deinen Jannis ranmacht. Die wollte ihrer Schwester eins auswischen und nicht dir! Das macht doch gar keinen Sinn. Also weiter.«

Es könnte in der Schule gewesen sein. Da Handys verboten sind, habe ich es immer in meiner Schultasche auf Flugmodus gestellt. Anders als das von Jannis war mein Handy nicht passwortgeschützt, weil ich zu faul war, immer die Nummer einzugeben.

Also kam theoretisch die ganze Klasse infrage, außer Tessa natürlich.

»Was ist mit Tabea?«, wollte Tessa wissen. »Die will doch unbedingt Stufensprecherin werden.«

Tabea war die Einzige, der ich es zutraute. Wir hatten uns beide zur Wahl gestellt, die am letzten Schultag stattfinden sollte. Auch Björn war dabei, aber der hatte eigentlich keine Chance gegen uns.

»Wenn die Fotos in der Schule herumgehen, hast du null Chance, das garantiere ich dir. Und dann gewinnt Tabea.«

Da hatte sie so was von recht. »Die werden mich sofort von der Wahlliste streichen. Dafür wird schon mein Vater sorgen. Der hasst Skandale.«

»Und das wird ein Megaskandal!«

Mir war so schlecht. Wenn ich nicht schon alles ausgespuckt hätte, wäre es spätestens jetzt passiert. Gut, dass Tessa einen kühlen Kopf behielt.

»Was ist mit dem Segeltraining? Da warst du doch am Montag, oder?«

Ich nickte. »Unsere Sachen lassen wir alle in der Umkleidekabine.«

»Und die Handys?«

»Die bleiben auch in der Kabine, nachdem Maren das Handy bei einer Halse über Bord geflogen ist.«

»Tja, da haben wir es doch!«, meinte Tessa. »Da kann es jeder aus deiner Mannschaft gewesen sein.«

»Nee, die Kabine wird vom Trainer abgeschlossen und am Ende wieder aufgeschlossen.«

»Und wenn jemand zwischendurch was holen will?«, wollte Tessa wissen.

»Dann geht man zum Trainer und holt sich den Schlüssel.«

Tessa schaute mich triumphierend an. »Jetzt müssen wir nur noch wissen, wer letzten Montag während des Trainings in die Umkleide gegangen ist.«

Ich war nicht so siegesgewiss. Ich kannte und vertraute jedem von ihnen. Die meisten von uns segelten seit Jahren zusammen. Wir trainierten, fuhren zusammen zu Wettkämpfen. Wir freuten uns über Siege des anderen und trösteten einander, wenn einer von uns verlor. Dass es einer aus dem Team gewesen war, konnte ich mir nicht vorstellen.

»Hast du Feinde?«, hakte Tessa nach, die begeistert jeden Krimi im Fernsehen ansah und später einmal Kommissarin bei der Polizei werden wollte.

Ich musste lachen. Absurde Frage. Bis mir Jenifer wieder einfiel. Aber Feind? Ich weiß nicht. »Sie kann mich ja nicht erschießen, nur weil Jannis Schluss gemacht hat.«

»Nee, erschießen nicht, aber bloßstellen.« Tessa kicherte. »Das Wort passt sogar richtig gut.«

»Ich weiß, ich habe auch schon an sie gedacht. Aber Jannis sagt, die Nachrichten wurden von meinem Handy losgeschickt. Wie soll das gehen?«

Tessa blieb bei mir bis weit nach Mitternacht. »Wir werden das Schwein finden, Lilly«, sagte sie, als sie sich von mir verabschiedete, um wenigstens noch ein paar Stunden zu schlafen, bevor wir in die Schule mussten.

Ein schwacher Trost, aber besser als gar keiner.

Acht

Mallorca lag 1600 Kilometer und 2,5 Flugstunden von hier entfernt. Eine ewig lange Entfernung, wenn ich an Jannis dachte. Ich wusste, dass Nachrichten diese Entfernung innerhalb von wenigen Sekunden überwinden. Und ich hätte auch wissen müssen, dass es zwischen der Abistufe und dem Rest der Schule mehr Verbindungen gab, als meine Beziehung zu Jannis. Geschwister, Freundschaften, vielleicht sogar Liebesbeziehungen. Ich hätte damit rechnen müssen und doch traf es mich völlig unerwartet, als ich an jenem Morgen in die Schule kam.

Seit zwei Wochen hingen an den Bäumen und an den Stellwänden auf dem Schulhof laminierte Blätter mit den Kandidaten für die Stufensprecherwahl. Jeder, der sich zur Wahl stellte, durfte sein eigenes Profil erstellen mit Foto und Wahlversprechen, was man bei einem Sieg ändern wollte. Wie bei einem richtigen Wahlkampf in der Politik. Die neunte Klasse hatte das gemeinsam mit dem Politiklehrer organisiert. Die große Versammlung in der Aula, wo sich die Kandidaten vorstellen mussten, sollte an diesem Tag in der sechsten Stunde stattfinden.

Es standen immer Schüler vor den Plakaten der Kandidaten und diskutierten, aber an dem Morgen waren es so viele wie noch nie und sie standen alle vor meinen.

Als ich näher kam, öffnete sich die Traube vor einem der Bäume und ich sah auf meine goldbemalten Brüste und meinen nackten Körper. Irgendjemand hatte meine Plakate ausgetauscht. Neben meinen Fotos stand:

Lilly Paulsen
14 Jahre
Klasse 9g

Hobbys: Nacktshooting
Berufswunsch: Hure
Wahlslogan: Nackt ist beautiful!

Was ich an unserer Schule ändern möchte:
Ich werde mich für eine neue Schuluniform für Schüler und Lehrer einsetzen: bunte Turnschuhe an den Füßen, sonst nackt.
Ich möchte, dass ein neues Unterrichtsfach eingeführt wird: Wie mache ich die schönsten Nacktselfies?

Tessa, die neben mir stand, erwachte als Erste wieder aus der Starre, in die wir beide gefallen waren.

»Oh … mein … Gott!!«, flüsterte sie nur. Sie nahm meinen Arm und zog mich vorwärts. Jedes Bild, an dem wir vorbeikamen, riss sie ab.

Ich wollte zurück nach Hause, aber Tessa zerrte mich vorwärts. »Du kannst dich nicht ewig verstecken. Also Augen zu und durch. Umso schneller hört es auf. Geh gerade und aufrecht und denke daran, dein Körper ist wunderschön.«

Vielleicht war er das, aber das musste ja nicht jeder wissen. Und genau das war aber passiert. Es war, als würde mich jeder Einzelne mit seinen Blicken nackt ausziehen und ich konnte nichts dagegen tun. Während Tessa ohne nach rechts und links zu sehen geradewegs auf den Haupteingang zusteuerte, als wäre es ein normaler Schulmorgen, stolperte ich wie betäubt neben ihr her. Wenn sie mich nicht am Arm gefasst hätte, wäre ich gefallen.

Hunderte Augen beobachteten mich. In den Gesichtern vieler Mädchen las ich Mitleid. Einige schauten weg. »Peinlichster Auftritt ever!«, hörte ich eine murmeln. Als ich an Tabeas Clique vorbeikam, rief mir ihre Freundin zu: »Tolle

Strategie! Hast du gedacht, deine goldenen Titten bringen mehr Stimmen?« Sie lachten.

Am schlimmsten aber waren die Kommentare der Jungs.

»Da kommt die Schlampe!!«

»Hey, Lilly! Tolle Titten!«

»Und der Rest erst! Wow!«

Ich ging mit gesenkten Augen an ihnen vorbei, während mir ein Pfeifkonzert folgte.

»Gerade gehen!«, zischte Tessa. »Schau ihnen ins Gesicht, als wäre es dir egal.«

Aber das konnte ich nicht. Ich kämpfte dagegen an, ihnen nicht tot vor die Füße zu fallen. Vielleicht wäre das ja das Beste gewesen. Dann wäre uns allen eine Menge erspart geblieben.

Nach einer gefühlten Ewigkeit hatten wir endlich das Schulgebäude erreicht. Tessa riss erleichtert die Tür auf und schubste mich hinein. »Geschafft!«

Auch im Schulgebäude hingen die Fotos, aber hier war unser Hausmeister bereits dabei, sie abzureißen. Er schaute mich kopfschüttelnd an. »Mein Gott, Lilly!«, sagte er. »Das hätte ich nicht von dir gedacht. Was wird bloß dein Vater dazu sagen?«

Daran mochte ich gar nicht denken. Er würde durchdrehen, wenn er davon erfuhr.

Der Hausmeister verschwand nach draußen, um die restlichen Fotos von den Bäumen und Wänden abzunehmen.

Im Flur trafen wir auf meine Klassenlehrerin Frau Bergemann. »Wir müssen reden, Lilly.« Dann sah sie mein Gesicht und meinte erschrocken: »Du bist ja kreidebleich. Komm erst mal mit ins Lehrerzimmer.«

Dort bekam ich ein Glas Wasser und anschließend wurde ich ausgefragt.

»Was ist passiert? Was sind das für Fotos? Wer auch immer sie gemacht hat, wird seine Strafe bekommen.« Frau Bergemanns Stimme klang zornig. »Das ist ein Verbrechen, das bestraft werden muss.«

Ich schaute sie nur verzweifelt stumm an, daher erzählte Tessa die ganze Geschichte.

»Du hast die Fotos selber gemacht?«, fragte Frau Bergemann fassungslos.

Ich nickte. »Ich wollte sie nur für Jannis … Irgendjemand muss sie geklaut haben. Ich verstehe das nicht.« Vor lauter Schluchzen konnte ich nicht weiterreden.

Frau Bergemann stand auf und ging im Lehrerzimmer auf und ab. »Das muss ich jetzt erst mal klarkriegen. *Du* hast die Fotos gemacht und herumgeschickt. Lilly, wie konntest du nur!!«

Ich schüttelte hilflos den Kopf. An jenem Abend schien alles so logisch zu sein. Die einzige Chance, dass er mich nicht vergaß. Jetzt konnte ich das selbst nicht mehr verstehen. Aber es war nicht mehr rückgängig zu machen.

»Wie oft haben wir darüber gesprochen, Lilly. Man weiß nie, wo so ein Foto am Ende landet. Tessa, warum hast du das nicht verhindert?«

Die arme Tessa fing auch an zu weinen. »Ich habe es doch versucht«, schluchzte sie. »Aber sie wollte nicht auf mich hören. Tut mir leid, Lilly, aber so war es doch.«

Ich nickte. »Ja, so war es. Tessa kann nichts dafür.«

»Am besten ich rufe deine Mutter an und du gehst heute erst mal nach Hause. Wir klären das hier in der Schule in aller Ruhe.«

»Aber sie muss doch heute ihre Rede halten! Vor der Versammlung!«, rief Tessa. »Sonst hat sie doch überhaupt keine Chance.«

Frau Bergemann schaute mich mitleidig an. »Ich denke, du weißt selber, Lilly, dass deine Bewerbung beendet ist.

Selbst wenn die Schulleitung anders entscheiden sollte, was ich nicht glaube, eine Chance hast du ohnehin nicht mehr.«

»Das war bestimmt Tabea, die falsche Schlange! Jetzt wird sie gewinnen«, schrie Tessa.

»Langsam, langsam. Das wissen wir noch nicht. Wir werden das in Ruhe untersuchen und dann wird der Täter oder die Täterin bestraft. Und wenn es Tabea war, wird auch sie nicht Stufensprecherin werden können. Aber es wird niemand vorverurteilt.«

Niemand außer mir. Ich war nicht verantwortlich für die gefakten Wahlplakate, aber bestraft wurde ich trotzdem.

»Vielleicht wollen deine Eltern ja auch eine Anzeige gegen Unbekannt machen«, meinte Frau Bergemann. »Dann kann die Polizei denjenigen suchen, der die Fotos verschickt hat.«

Eine Anzeige bei der Polizei? Gegen Jannis? Genau das könnte meiner Mutter einfallen. Und damit würde sie alles nur noch schlimmer machen. »Mein Vater … Weiß er es schon?«

Frau Bergemann überlegte. »Ich glaube, eher nicht. Er ist mit seiner Klasse auf dem Sportplatz. Er müsste aber jeden Moment zurückkommen.«

»Muss er die Fotos sehen? Er wird durchdrehen.«

»Ich wüsste nicht, wie man das verhindern könnte. Was hast du dir nur dabei gedacht?«

Ich zuckte mit den Achseln. Das würde sie doch nicht verstehen.

Frau Bergemann griff zum Telefon.

»Rufen Sie meine Mutter bitte nicht an! Ich kann alleine nach Hause gehen und heute Abend erzähle ich es ihr.«

»Ich möchte nicht, dass du jetzt alleine nach Hause fährst. Und dann auf dumme Gedanken kommst!«

Ich sah sie verwundert an. Hatte sie Angst, ich würde

mir etwas antun? Das hatte ich nicht vor, jedenfalls damals noch nicht. So schrecklich es war, es würde vorübergehen, dachte ich. Und man würde denjenigen finden, der die Fotos verschickt hatte. Und zwischen Jannis und mir würde alles so werden wie früher. Das dachte ich. Und darum konnte sie die Horrorgeschichten aus dem Internet, wo sich Mädchen umbrachten, weil Nacktfotos von ihnen kursierten, ruhig vergessen.

Aber Frau Bergemann ließ sich darauf nicht ein. Als meine Mutter kam, waren alle Plakate draußen und drinnen verschwunden, bis auf zwei, die Frau Bergemann meiner Mutter zeigte.

Sie wurde kreidebleich und starrte mich fassungslos an. »Ich verstehe nicht! Lilly, was …«

Frau Bergemann schob ihr einen Stuhl hin und drückte ihr ein Glas Wasser in die Hand.

Wieder musste Tessa alles erklären.

Meine Mutter sagte nicht viel, schaute mich nur vorwurfsvoll an. »Lilly, wie konntest du nur?«

Es klingelte zur kleinen Pause. Frau Bergemann musste wieder in den Unterricht, ich folgte meiner Mutter über den Schulhof. Auf dem Schulhof war niemand zu sehen, aber an den Fenstern hingen sie in dichten Trauben und schauten mir schweigend hinterher. Nur aus einem Fenster sang ein Mädchenchor mit schrillen Stimmen:

»Hure Lilly, eins, zwei, drei!
So schnell bricht der Ruf entzwei!«

Tabea mit ihren Freundinnen? Ich schaute mich nicht um, hielt mir die Ohren zu, ging schneller und schneller und rannte schließlich durch das Schultor.

Auf dem Weg nach Hause schwiegen wir beide. Zu Hause begann meine Mutter die Wohnung zu putzen, obwohl sie das erst am Tag zuvor gemacht hatte. Das tat sie immer, wenn sie traurig war oder sich über irgendetwas fruchtbar geärgert hatte.

Ich ging auf mein Zimmer und zog in meinem Bett die Decke über den Kopf. Hier blieb ich, bis es dunkel wurde und ich Hunger bekam. Ich schlich durch den Flur in die Küche, holte mir einen Joghurt aus dem Kühlschrank.

Aus dem Wohnzimmer hörte ich meine Eltern heftig streiten. Einzelheiten konnte und wollte ich nicht verstehen, es reichte, dass immer wieder mein Name fiel.

Am nächsten Tag musste ich um 8:30 Uhr mit meinen Eltern beim Direktor erscheinen. Für meinen Vater war das besonders peinlich. Normalerweise führte er solche Gespräche als stellvertretender Direktor mit den Eltern anderer Schüler und nun saß er selbst als betroffener Vater vor seinem Chef. Ich hatte ihn noch nie so wütend gesehen wie an dem Tag. Wütend auf mich, weil ich ihn in diese Lage gebracht hatte. Meine Mutter sprach auf der Fahrt zur Schule kein Wort mit mir. Es war, als existierte ich nicht mehr für sie. So kam es jedenfalls bei mir an. Aber wahrscheinlich war sie einfach überfordert mit der Situation. Es war das erste Mal, dass meine Mutter in die Schule bestellt wurde, weil ich etwas angestellt hatte. Dabei hatte ich das ja nicht einmal. Ich war das Opfer, nicht der Täter.

Ich war froh, dass außer einigen Schülern, die zu spät kamen und sich nicht um mich kümmerten, niemand auf dem Schulhof war. Die Schulleitung hatte unseren Termin extra in die Unterrichtszeit gelegt.

Mein Vater erwartete uns schon. Gemeinsam gingen wir zum Direktor hinein.

Der hatte im Gegensatz zu meinen Eltern irgendwie Verständnis für mich. »Sie ist ja keine Verbrecherin, nur weil sie ihrem Freund Fotos von sich geschickt hat. Selfies oder wie man das nennt. Meine Tochter macht auch andauernd welche. Und meine Warnungen schlägt sie in den Wind.«

»Es kommt auf das Foto an«, schnaubte mein Vater. »Hat Ihre Frau Ihnen früher Nacktfotos geschickt?«

»Na ja, das waren andere Zeiten. Viel schlimmer ist es doch«, meinte Herr Dr. Prediger und wandte sich mir zu, »dass ihr das Risiko eingeht, dass die Fotos in die falschen Hände geraten. Und dann steht ihr da und das Unglück ist passiert.«

»Sie waren nur für Jannis bestimmt.« Wie oft hatte ich diesen Satz schon gesagt? »Und Jannis hat sie nicht weitergezeigt. Das weiß ich!«

»Mit dem werde ich auch noch ein Wörtchen reden«, schrie mein Vater wütend. »Wollte er diese Fotos von dir? Den zeige ich an!!«

»Ich glaube nicht, dass das strafbar ist«, versuchte Herr Dr. Prediger ihn zu beruhigen.

»Das habe ich schon gemacht«, sagte meine Mutter in diesem Moment ganz ruhig.

»Du hast was? Jannis bei der Polizei angezeigt?« Ich konnte es nicht fassen. »Ja, wann denn?«

»Direkt gestern Nachmittag! Das musste doch schnell geschehen. Damit der nicht weitere Fotos verschickt. Ich musste ihn doch stoppen!«

Jetzt wäre der Augenblick gekommen, um ihnen zu sagen, dass es Jannis nicht sein konnte, falls er die Wahrheit sagte und die Fotos von meinem Handy gekommen waren.

Aber ich schwieg, ich hatte einfach nicht den Mut dazu. Es war jetzt schon schlimm genug. Ich hatte das Gefühl, vollkommen nackt vor ihnen zu sitzen. Sie hatten mich nackt gesehen, sie redeten über meine Nacktfotos, es gab in dieser Welt kein anderes Thema mehr als meinen nackten Körper. Ich wollte es nicht noch schlimmer machen.

In diesem Moment kam Frau Bergemann herein. Sie machte ein ernstes Gesicht und setzte sich zu uns. »Ich habe gerade mit Jannis telefoniert. Er sagt, die Fotos an seine Freunde hast du geschickt. Sie kamen von deiner Handynummer.«

Entsetztes Schweigen machte sich breit. »Das stimmt nicht! Das hat er mir auch geschrieben, aber ...«

»Doch, Lilly, es stimmt. Er konnte es ja anfangs selber nicht glauben. Er hat mir ein Foto von deiner Nachricht geschickt, die auf Peers Handy war. Sieh selber.« Sie reichte mir ihr Handy und ich starrte auf meine nackten Brüste mit der Aufschrift »Ich liebe dich!«. Von meiner Nummer an Peer geschickt.

Meine Mutter riss mir das Handy aus der Hand. Es wanderte von einem zum anderen und hinterließ entsetzte, fassungslose Gesichter.

»DU??? Du hast sie geschickt?« Die Stimme meiner Mutter klang ganz piepsig, wie immer, wenn sie sich furchtbar aufregte.

Mein Vater war kreidebleich geworden. Er schlug die Hände vor sein Gesicht. »Das darf doch nicht wahr sein!«, murmelte er in einem fort. Bestimmt dachte er vor allem daran, was das für ihn bedeutete. Seit er stellvertretender Direktor an unserer Schule geworden war, musste ich mir ständig anhören, dass ich mich gut benehmen solle, um ihn nicht zu blamieren.

»Nein, natürlich habe ich sie nicht geschickt!«, versuchte ich, ihn zu beruhigen. »Glaubst du etwa, ich will, dass alle mich nackt sehen?«

Meine Eltern, Frau Bergemann, der Direktor, sie alle sahen mich an, als wäre ich eine Fremde. In ihren Augen konnte ich lesen, dass sie nicht mehr wussten, was sie glauben sollten. Bislang war ich für sie das Opfer gewesen, wenn auch ein dummes, leichtsinniges Opfer.

Nun war ich zur Täterin geworden.

Ich stand auf und verließ den Raum.

Niemand hielt mich auf.

Neun

Nach Hause wollte ich nicht gehen. Dort würde über kurz oder lang meine Mutter eintreffen und mit ihr die Vorwürfe, die sie mir bislang nicht gemacht hatte:

Wie konntest du nur?

Schämst du dich nicht?

Was werden die Leute im Dorf sagen?

Wir können uns nirgends mehr blicken lassen!

Und was sollte ich darauf schon antworten?

Keine Ahnung!

Ja!

Keine Ahnung!

Tut mir leid!

Mehr gab es nicht zu sagen. Und es tat mir ja wirklich leid, vor allem weil meine Eltern mit hineingezogen wurden. Bei der Arbeit, beim Einkaufen, Tanken, Segeln, überall würden die Leute sie mit meinen Nacktfotos in Verbindung bringen. Und am Ende standen sie als schlechte Eltern da, die ihre einzige Tochter nicht erziehen konnten.

Und ob die Leute meinen Vater jetzt noch als Bürgermeister wählen würden? Im Herbst begann der Wahlkampf. Und da würden die Konkurrenten alles ausgraben, was meinem Vater schaden konnte. Und hier würden sie nicht mal tief graben müssen. Jeder Reporter, der über ihn berichtete, würde auch meine Geschichte mit hineinbringen.

Es gab nur einen Ort, wo ich meine Probleme vergessen konnte. Dorthin fuhr ich an jenem Morgen mit dem Bus.

Der See glitzerte im Sonnenlicht, keine Wolke am Himmel, nur einige weiße Segel schwebten über das Wasser. Da alle unter 18 in der Schule waren, traf ich nur auf einige ältere Vereinsmitglieder, die den schönen Tag zum Segeln auf dem See nutzen wollten.

»Guten Morgen, Lilly. Habt ihr schon Ferien?«, wurde ich freundlich von Bruno und seiner Frau begrüßt, so als sei heute ein Tag wie jeder andere, als hätte es das Gestern nicht gegeben.

»Unsere Lehrerin ist krank!«, erklärte ich und hätte sie alle umarmen können, so erleichtert war ich. Sie kannten mich alle seit Jahren, wir waren wie eine große Familie. Bruno war ein enger Freund meines Vaters und mein Patenonkel.

»Willst du alleine aufs Wasser? Du weißt, dass ihr wegen der Sicherheit immer zu zweit sein müsst.«

Bruno kannte mich gut und wusste daher, dass ich am liebsten alleine hinaussegelte. Aber das ist seit dem schrecklichen Unfall vor einem Jahr verboten. Marten aus unserem Segelteam war auch alleine unterwegs gewesen, als er aus welchem Grund auch immer über Bord gegangen und ertrunken ist. Jetzt müssen wir zu zweit in einem Boot sein oder in Sichtweite eines anderen Bootes bleiben.

Also nickte ich brav. »Merle kommt gleich.« Merle war aus meinem Team und nach Tessa meine zweitbeste Freundin.

»Na, dann viel Spaß. Segeln statt Schule, was kann es Schöneres geben?« Bruno zwinkerte mir zu.

Wenn er wüsste, wie recht er hatte! Ich atmete tief durch. Hier hatte niemand meine Fotos gesehen. Hier war alles wie immer. Hier schaute niemand durch meine Kleidung hindurch, weil er andere Bilder von mir im Kopf hatte. Hier gab es nur Wasser, Sonne, weiße Segel und kreischende Möwen in der Luft. Hier war mein zweites Zuhause.

Ich füllte meine Wasserflasche und wartete, bis Bruno

und seine Freunde mit ihrem Boot außer Sichtweite waren. Dann stieg ich in mein Boot und segelte los, alleine wie meistens.

Ich hatte schon zwei Ermahnungen bekommen, weil ich mich nicht an die Vorschrift hielt. Wenn sie mich heute erwischten, würde es wohl nicht mehr bei einer Ermahnung bleiben. Im schlimmsten Fall würde ich Segelverbot bekommen. Aber was sollte ich machen? Merle saß brav in der Schule und würde erst zum Training heute Nachmittag kommen.

So lange konnte ich aber nicht warten. Ich musste jetzt auf den See. Ich steckte meine Earplugs in meine Ohren und ließ mich vom Wind und meiner Musik davontragen in eine Traumwelt, zu der nicht einmal Jannis Zutritt hatte. Sie gehörte mir alleine und das war gut so. Ich segelte in die Sonne hinein und wünschte mir, nie mehr zurückkehren zu müssen.

Ich glitt vorbei an dem Bootssteg, der zu Jannis' Haus gehörte, bis zur kleinen Bucht, wo wir uns so oft getroffen hatten. Hier warf ich den Anker heraus, sprang ins Wasser und schwamm zum Ufer.

Der Sand war warm. Ich schloss die Augen und träumte mich zurück in Jannis' Arme. Seine Lippen berührten meine und er flüsterte mir ins Ohr: »Ich liebe Dich!«

Solange ich in der Vergangenheit blieb, war alles gut, aber dann stellte ich mir vor, wo er jetzt gerade sein könnte.

Lag er auch am Strand?

Mit Jenifer im Arm?

Flüsterte er ihr in diesem Moment vielleicht auch Liebesworte ins Ohr?

Der Gedanke war unerträglich. Ich sprang auf und schwamm zurück zum Boot. Gerade noch rechtzeitig kam ich zum Segeltraining. Wie immer, wenn ich alleine hinausgesegelt war, legte ich am äußersten Ende eines kleinen, hinter dem Bootshaus versteckten Stegs an und hoffte, dass mich niemand bemerkt hatte.

Zum Glück konnte ich Finn, unseren Trainer, noch am Bootshaus abfangen. Tessa und ich hatten überlegt, dass ich erzählen sollte, man habe mir Geld geklaut. Dann konnte der Trainer alle unverfänglich fragen, wer sich während des Trainings den Schlüssel geholt hatte.

Wenn ich geahnt hätte, was das für einen Wirbel machen würde, hätte ich geschwiegen. Ich glaubte ja ohnehin nicht, dass es einer vom Team war. Aber Tessa meinte, wir müssten allen Spuren nachgehen.

»Beim letzten Training sind 50 Euro aus meinem Rucksack gestohlen worden. In der Umkleidekabine«, platzte ich ohne Vorwarnung direkt nach seiner Begrüßung heraus.

Finn war so geschockt, wie ich befürchtet hatte. Er konnte sich nicht vorstellen, dass es jemand aus unserem Team war. »Bist du ganz sicher, dass das Geld hier verschwunden ist?«

»Nein, bin ich nicht. Ich suche überall, auch in der Schule. Weißt du noch, wer sich den Schlüssel geholt hat?«

Finn schüttelte den Kopf. »Keine Ahnung. Ich habe jeden Tag mehrere Gruppen. Wir werden die anderen gleich fragen. Aber ganz ehrlich: Glaubst du wirklich, es meldet sich einer freiwillig und sagt: Ich war's? Oder verpetzt einen anderen? Niemals! Und dann? Glaubst du, das Geld steckt jetzt noch in einem Rucksack? So doof ist doch keiner. Glaub mir, die Chancen sind weniger als null!«

Am liebsten hätte ich ihm die ganze Wahrheit gesagt. Dass ich nur wissen wollte, wer den Umkleideraum betreten und eine Gelegenheit gehabt hatte, an mein Handy zu gehen. Aber dann müsste ich ihm auch von den Nacktfotos erzählen, und ehe ich das machte, hätte ich mir eher die

Zunge abgebissen. Die Nachricht davon würde spätestens morgen oder übermorgen hier ankommen. Das wollte ich auf gar keinen Fall beschleunigen. Vielleicht hatten wir bis dahin den Täter ja schon.

Trotzdem hätte ich die Befragung nun am liebsten abgesagt, aber das kam für Finn nicht mehr infrage. »Jetzt will ich das geklärt wissen. Das Geld ist nun mal weg und wir müssen zumindest darüber reden. Misstrauen in einem Team ist das Schlimmste, was passieren kann.«

Ich folgte ihm zum Steg, wo sich die anderen versammelt hatten. Ihre fröhlichen Gesichter verwandelten sich schon bei den ersten Worten von Finn in Fragezeichen und wütende Ausrufezeichen. »Lilly ist am Montag Geld aus der Umkleidekabine geklaut worden. Wer hat was gesehen? Wer hat sich den Schlüssel geholt?« Finn hätte genauso gut mit einer Pistole herumballern können, so geschockt waren alle.

»Und wer sagt, dass wir das gewesen sind?«

Alle schauten zu mir herüber. Es war eine ganz beschissene Idee gewesen. Jetzt waren sie alle sauer auf mich.

»Ich … also, ich weiß es nicht. Ich suche auch in der Schule und überall.«

Natürlich meldete sich niemand.

Misstrauische Blicke wurden getauscht, Luisa stieß Sabine an, die schüttelte den Kopf.

War es Sabine? Sie war die Schwester von Kevin, Jannis' bestem Freund. Aber warum sollte sie das machen? Wir hatten zusammen mit dem Segeln angefangen, verstanden uns super, außer in den Wochen vor der großen Regatta. Wir wollten sie beide gewinnen, aber bislang war sie immer nur Zweite geworden. Wollte sie mich auf diese Weise loswerden? Ich war mir nicht sicher, ob man mich starten lassen würde, wenn alle Welt meine Nacktfotos kannte. Aber warum hätte sie mein Handy nach den Fotos durchsuchen sollen? Sie hätte von den Fotos wissen müssen. Und die hatte ich schließlich niemandem gezeigt.

Und die Jungs? Kai, Leon, Noah und Paul kannte ich auch seit Jahren. Allerdings konnte ich mir bei ihnen schon eher als bei den Mädchen vorstellen, dass sie sich aus Spaß die Fotos auf den Mädchenhandys ansahen. Aber sie kamen ja nicht an den Schlüssel zur Mädchenumkleidekabine.

»Also noch mal abschließend: Keine von euch Mädchen war während des Trainings im Umkleideraum?« Finn sah eine nach der anderen an. »Und keine erinnert sich, dass jemand anders dort gewesen ist?«

Kopfschütteln, Schweigen.

»Gut, dann hat Lilly das Geld wohl woanders verloren. Ich erinnere euch noch einmal daran, dass ihr Wertsachen zu Hause lassen sollt! Ich möchte solche Befragungen nicht noch einmal haben. Und noch eins: Wer klaut, der fliegt!«

Das einzige Ergebnis dieser Befragung war, dass jeder nun jedem misstraute und alle sauer auf mich waren, dass ich überhaupt so einen Verdacht gegen das Team ausgesprochen hatte. Die Stimmung war mies und das ausgerechnet vor der bevorstehenden großen Regatta.

Hannah, die an diesem Nachmittag früher nach Hause musste, bestand darauf, dass unser Trainer sie zur Umkleidekabine begleitete, als sie ihre Sachen holen musste. »Nachher fehlt wieder Geld und dann bin ich es gewesen.« Böse Blicke trafen mich.

Zum ersten Mal war ich froh, als das Training vorbei war. Als ich in die Umkleidekabine kam, verstummten alle.

»Hast du mich auch verdächtigt?«, wollte Merle wissen.

Ich schüttelte den Kopf. »Es tut mir leid, aber ….

Euro sind eine Menge Geld.« Ich hasste mich dafür, dass ich schon wieder lügen musste.

Sonst gingen wir immer gemeinsam zur Bushaltestelle, aber diesmal trödelte ich herum, bis alle gegangen waren. Alle waren sauer auf mich und erreicht hatte ich gar nichts.

Erst als ich endlich im Bus saß, schaltete ich mein Handy wieder ein. Es gab zwei Nachrichten von meinen Eltern, die sich Sorgen machten, wo ich geblieben war, eine von Jannis und zwanzig von mir unbekannten Nummern.

»Bist du jetzt komplett verrückt geworden?«, schrieb Jannis. »Eine Anzeige gegen mich? Was habe ich dir getan? Hab ich dir etwa gesagt, du sollst diese Fotos machen? Das ist allein in deinem kranken Kopf entstanden!«

Der Albtraum nahm kein Ende, im Gegenteil, er wurde immer schlimmer.

Die anderen Nachrichten kamen von Kevin und weiteren Schülern aus der Abistufe, die sich nicht etwa über mich und meine Nacktfotos lustig machen wollten, sondern furchtbar empört waren, weil die Polizei sich bei ihren Eltern zu Hause gemeldet hatte.

Hatte meine Mutter den gesamten Jahrgang angezeigt?

Empört stellte ich sie zur Rede, als ich wieder zu Hause war. »Wie konntest du nur? Alle hassen mich jetzt!«

»Tut mir leid, Lilly, aber wir müssen denjenigen finden, der dich so in den Dreck gezogen hat.«

Danke! So ein Spruch hatte mir jetzt gerade noch gefehlt. Meine Mutter weigerte sich, die Anzeigen zurückzuziehen.

»Es kam von meinem Handy«, versuchte ich, sie zu überzeugen. »Auch wenn ich es nicht war – Jannis kann es nicht gewesen sein.«

Immerhin glaubte meine Mutter mir das. »Aber wenn du es nicht warst, wer dann? Solche Fotos verschicken sich schließlich nicht von allein. Es kann nicht schaden, wenn die Polizei sich darum kümmert. Vielleicht findet sie ja heraus, wer dein Handy benutzt hat. Wir wollen doch den Täter finden, oder etwa nicht?«

Natürlich wollten wir das! Dann konnte ich Jannis endlich beweisen, dass ich es nicht war. Und nur dann hatte ich eine Chance, dass alles wieder gut werden würde.

»Und du solltest auch noch mal darüber nachdenken«, fuhr meine Mutter fort. »Wer hatte Zugang zu deinem Handy?«

Als hätte ich mir die Frage nicht schon tausend Mal gestellt. Aber alle Antworten, die mir darauf einfielen, waren absurd. Tessa? Sam? Meine Freunde vom Segelteam? Alles unvorstellbar, selbst Sabine traute ich das nicht zu. Mir fiel niemand ein, der ein Interesse haben könnte, mich fertigzumachen, außer vielleicht Tabea. Oder Jenifer, aber die war Tausende Kilometer weit entfernt auf Mallorca. Ich traute ihr alles zu, um Jannis zurückzugewinnen, aber es war praktisch unmöglich.

Als mein Vater am Abend zurückkam, machte er mir keine Vorwürfe. Er war überzeugt, dass ich mich nicht freiwillig in so eine beschissene Situation gebracht hatte.

Er fand es gut, dass meine Mutter eine Anzeige bei der Polizei gemacht hatte. »Wir müssen alle Wege ausschöpfen. Egal, wer es war, er gehört bestraft. Und zwar richtig. Das sind doch Verbrecher!«, meinte er. »Wir haben in den Klassen schon angefangen, alle zu befragen.«

In dem Moment beschloss ich, bis zu den Ferien die Schule zu schwänzen. Ich konnte mir vorstellen, was mich morgen erwartete, wenn ich dort erscheinen würde.

»Ich geh da nicht mehr hin. Nie wieder! Das kann ich nicht! Ihr könnt mich nicht zwingen!« Am Ende schrie ich meine Eltern an.

Meine Mutter nahm mich in den Arm. »Niemand

zwingt dich, Lilly! Hör dir erst mal an, was dein Vater zu sagen hat.«

Mein Vater hatte das Ergebnis der Klassenkonferenz mitgebracht, die heute Nachmittag getagt hatte. Die Lehrer hatten beschlossen, dass ich bis zum Beginn der Sommerferien zu Hause bleiben sollte, damit nicht noch einmal so eine Unruhe wie heute Morgen entstehen konnte.

»Zumindest so lange, bis wir wissen, wer die Fotos aufgehängt hat.« Mein Vater war sehr zuversichtlich, dass wir das bald geklärt hatten. Ich weniger. Er hatte zwar eigentlich einen guten Draht zu den Schülern und hatte schon jede Menge Konflikte gelöst, aber das hier war anders. Wer würde ihm denn schon beichten, dass er Nacktfotos der Tochter aufgehängt hatte?

Die Folge wäre ein Schulverweis und eine Anzeige. Mindestens! Dafür würde schon meine Mutter sorgen. Meine Mutter hätte wohl am liebsten alle Jugendlichen der Stadt zwischen zwölf und zwanzig angezeigt. Lieb gemeint, aber im Ergebnis voll daneben. Es führte nur dazu, dass die Zahl der Lilly-Hasser weiter zunahm.

Gegen meine Sonderferien hatte ich persönlich nichts einzuwenden. Im Gegenteil. Ich hatte keine Lust auf weitere Beleidigungen meiner Mitschüler.

Die Wahl des Stufensprechers wurde auf den Beginn des Schuljahres verschoben. Tessa erzählte mir, dass Tabea und Björn stinksauer auf mich waren, weil man sie verdächtigte, die Wahlplakate mit den Nacktfotos gemacht und aufgehängt zu haben, um mich auszuschalten.

Den nächsten Tag verbrachte ich auf meinem Boot auf dem See. Während die anderen sich in der Schule langweilten, ließ ich mich auf dem Wasser treiben und hörte Musik. Für einige Stunden gelang es mir, mein ganzes beschissenes Leben zu vergessen.

Zehn

Dann kam der nächste Schlag. Ich erhielt Nachrichten von unbekannten Menschen, die alle meine Bilder gesehen hatten. Ein Carlos schrieb: »Ich mag deine Brüste. Wann können wir uns mal treffen?« Ein Werner wollte, dass ich ihm ein Foto schickte, auf dem ich in der Badewanne sitze und mich mit Schaum einseife. Ein Bernd schickte mir ein Foto von seinem Penis.

Die anderen öffnete ich gar nicht mehr.

Wer hatte meine Fotos und meine Handynummer veröffentlicht? Auf welcher Seite? Oder waren es mehrere?

Zumindest die eine Frage ließ sich sehr schnell klären. Irgendjemand hatte bei Facebook mein Profil geklaut und sich mit meinen Infos und alten Fotos unter dem Namen Lillie statt Lilly ein neues aufgebaut. Er oder sie schrieb nicht nur meine Freunde an, so als wäre er ich, sondern hatte seinen Status auf »öffentlich« geschaltet. Und hier fanden sich auch meine beiden Nacktfotos wieder und meine Handynummer. Komischerweise nur zwei Fotos. Das letzte von meinem Po fehlte.

Tessa meinte, ich müsste zur Polizei gehen. Die hätten da Experten, die prüfen könnten, wer dahintersteckte, aber das wollte ich nicht. Ich wollte keinen neuen Wirbel. Am liebsten hätte ich mich irgendwo versteckt und gewartet, bis es vorüber war.

Meinen Eltern erzählte ich nichts davon. Als es aber nicht aufhörte, ging ich mit Tessa doch zur Polizei. Es war mir sehr peinlich, denn die Polizisten kannten mich natürlich und meine Eltern. Und auch die ganze Geschichte. Sie schauten sich den Fakeaccount bei Facebook an, bevor sie die Anzeige aufnahmen. Sie sagten nichts, als sie die ganzen Schweinereien lasen, aber wer weiß schon, was in ihren Köpfen vor sich ging. Sie hatten sicherlich Schweigepflicht, aber ob sie sich daran hielten? Sonst wusste morgen das ganze Dorf, dass ich von fremden Männern aus der ganzen Welt Sexangebote bekam.

Sie versprachen mir, auch so schnell wie möglich alle infrage kommenden Pornoseiten prüfen zu lassen. »Aber mach dir nicht zu viel Hoffnung«, meinte die nette Polizistin. »Wenn die Seite im Ausland registriert ist, haben wir kaum eine Chance.«

»Und dann?«, wollte Tessa wissen. »Sie geht daran kaputt!« Dabei zeigte sie auf mich. »Da muss man doch was machen können. Sie sind doch die Polizei!«

Die Polizistin fühlte sich angegriffen. Etwas schnippisch sagte sie: »Am besten man verschickt solche Fotos gar nicht erst! Und du, Lilly, solltest versuchen, das Ganze zu vergessen. Es ist passiert und du kannst es nicht mehr rückgängig machen.«

Tessa regte sich furchtbar auf, erst über die Polizistin und dann über mich. »Nun sag doch auch mal was! Die müssen doch was machen. Das kann doch nicht immer so weiter gehen! Das kann ja kein Mensch aushalten.«

Aber was sollte ich dazu sagen? Die Polizistin hatte ja recht.

Ich war Tessa sehr dankbar, dass sie mir helfen wollte, aber wer weiß, wie lange noch? Auch sie bekam beleidigende WhatsApp-Nachrichten und auf Facebook beschimpften ihre »Freunde« sie. Keiner konnte verstehen, warum sie noch zu mir hielt. Sie hatte mir erzählt, dass sie auch in der Schule immer öfter alleine dastand. Und während ich in meinem Boot für einige Stunden alles vergessen konnte, musste Tessa durchhalten.

Nachdem ich den Missbrauch meiner Daten auch direkt bei Facebook gemeldet hatte, wurde der Fakeaccount sofort gelöscht. Aber meine Handynummer war ganz offensichtlich bereits um die ganze Welt gereist. Ich bekam Nachrichten auf Deutsch, Englisch, Französisch, Spanisch. Selbst aus Japan erhielt ich welche, die ich zum Glück nicht lesen konnte.

Dann bekam ich ganz offene Anfragen, wie teuer der Sex mit mir sei und welche Stellungen ich bevorzugte. Ein Gregor schickte mir ein Nacktbild von sich.

Ich löschte sie alle so schnell ich konnte, trotzdem blieb vieles davon in meinem Gedächtnis hängen.

Ich duschte mehrmals am Tag, um all den Schmutz, mit dem ich beworfen wurde, abzuwaschen, aber es gelang mir nie ganz. Ich hatte das Gefühl, dass ich unter dem Dreck langsam erstickte.

Von Jannis kam keine Nachricht mehr.

Elf

Und dann kam der Tag, auf den ich so sehnlichst gewartet hatte. Schon Wochen, bevor Jannis losgeflogen war, hatte ich den Tag mit zwei roten Herzen im Kalender auf meinem Schreibtisch markiert. Ich hatte geplant, was ich anziehen und mit welcher Blume in der Hand ich ihn begrüßen würde.

Nun kehrte er zurück und ich war nicht am Flughafen. Ich weiß nicht, ob ich überhaupt gefahren wäre, ob ich den Mut gehabt hätte, die Blicke seiner Freunde zu ertragen. Und bei dem Gedanken, Jenifer zu begegnen, wurde mir ohnehin übel.

Aber ich hatte ja nicht einmal die freie Wahl. Als ich an jenem Tag aufwachte, gab es wieder diese wenigen Sekunden im Halbschlaf, in denen alles nur wie ein böser Traum erschien. Diese Sekunden, in denen ich glauben konnte, es wäre nichts passiert. Dann kamen die Sekunden, in denen mir klar wurde, es war kein Traum, aber es könnte noch Hoffnung geben. Alles wird gut, sobald er wieder da ist und ich in seinen Armen liege und er mir sagt, dass er mir glaubt und wir den Rest gemeinsam durchstehen werden.

Und dann war ich wach und wusste ganz tief in mir, dass alles vorbei war und nichts jemals wieder gut werden würde.

So auch an jenem Tag.

Aber dann sah ich, dass er eine Nachricht geschrieben hatte. Endlich!, dachte ich.

»Komm nicht (!!!) zum Flughafen. Wir reden später. J.«

Er wollte mich nicht sehen! Mit drei Ausrufezeichen! Die Buchstaben tanzten vor meinen Augen. Aber was hatte ich denn erwartet? Er hatte doch seit drei Tagen jeden Kontakt zu mir abgebrochen. Das Schlimmste war das »J.«

Wenn er wenigstens »dein J.« geschrieben hätte. Dann hätte ich noch ein wenig Hoffnung haben können. Aber nun war auch der letzte Funken davon in mir gestorben. Er war nicht mehr »mein Jannis« und das tat unendlich weh.

Und was hieß »später«? Würde er heute noch vorbeikommen? Oder morgen? Oder überhaupt irgendwann?

Ich beschloss, nicht darauf zu warten, sondern ging zum Bootshaus. Es war noch früh, niemand außer mir war zu sehen. Ich machte mein Boot los und segelte davon.

Es war windig und es regnete, erst wenig, dann in Strömen. Ich zog meine gelbe Windjacke über und hielt mein Gesicht in den warmen Regen. Er passte gut zu meiner Stimmung. Anfangs gelang es mir noch, meine Gedanken an Bord zu halten. Aber am frühen Nachmittag, als Jannis am Flughafen in Hamburg landen sollte, flogen sie davon zu ihm.

Ich schaute immer wieder auf die letzte Nachricht von ihm. Hätte er nicht andere Worte finden können? Und wenigstens ein »Ich freue mich auf dich!«? Aber die Wahrheit war, dass er sich nicht freute, mich wiederzusehen. Und es wurde Zeit, dass ich das endlich einsah.

Den ganzen Tag blieb ich auf dem Wasser. Ich wäre am liebsten auch die ganze Nacht fortgeblieben, aber dann hätten meinen Eltern mich gesucht, und sie hätten gewusst, wo sie mich finden würden. Das wäre das Ende meiner Ausflüge mit dem Boot gewesen.

Ich fürchtete ohnehin, dass mit der Rückkehr der Abistufe meine Fotos auch in den Segelklub Einzug halten würden. Nicht durch Jannis, aber durch Kevin und seine Schwester Sabine.

In der Schule forschten sie immer noch nach dem Übeltäter, bislang ohne Ergebnis. Tessa hatte meinem Vater vorgeschlagen, von allen Schülern Fingerabdrücke zu nehmen, wie die Polizei das immer in ihren Serien macht. »Und dann muss man sie nur mit denen auf den Zetteln mit Lillys Nacktfotos vergleichen. Darauf sind bestimmt welche.«

Aber die Schulleitung entschied sich dagegen. Es hätte zu viel Aufsehen erregt und dem Ruf der Schule geschadet. Und es hätte ja auch nichts geändert.

War es ein Täter, waren es mehrere? Mein Ruf war ruiniert, auch wenn sie alle, die sich an der Verbreitung meiner Fotos beteiligt hatten, verhafteten.

»War Jannis da?«, fragte ich meine Mutter, sobald ich zu Hause ankam.

Sie schüttelte den Kopf. »Er hat auch nicht angerufen. Bist du sicher, dass er nach all dem noch mit dir befreundet sein will?«

»Er hat geschrieben, dass wir reden müssen.«

»Das müsst ihr sicherlich. Ich wünschte, es wäre alles schon vorbei. Mit Jannis' Eltern haben wir auch keinen Kontakt mehr, seit ich die Anzeige gegen ihn gemacht habe. Eine zwanzig Jahre alte Freundschaft geht wegen Nacktfotos meiner Tochter den Bach runter.« Immer häufiger kamen nun vorwurfsvolle Sätze und Blicke von meiner Mutter. Ihr Verständnis für mich schmolz wie Himbeereis in der Sonne langsam dahin.

Ich fühlte mich jedes Mal richtig schlecht deswegen. Bei unseren gemeinsamen Mahlzeiten waren wir alle sehr schweigsam, die Blicke auf die Teller gerichtet, jeder mit seinen eigenen Problemen beschäftigt.

Mein Vater sprach auch sonst in diesen Tagen so wenig wie möglich mit mir. Er konnte anders als ich nicht zu Hause bleiben und den Beginn der Sommerferien abwarten. Er musste jeden Morgen in die Schule, wo ich und meine Nacktfotos immer noch das Hauptthema waren, vor allem seitdem sich herumgesprochen hatte, dass ich die Fotos von meinem Handy geschickt hatte. Nun war ich auch für die, die vorher Mitleid hatten, zur Täterin geworden, die man nur noch verachtete.

»Und warum sollte ich so etwas tun?«, fragte ich Tessa, als sie mir davon erzählte. »Ausgerechnet Peer soll ich ein Foto geschickt haben? Der hasst doch Jannis!«

»Einige meinen, du bist in Peer verliebt.«

Da konnte ich ja nur verächtlich lachen. Das hätte der wohl gerne. Es war nur eine von vielen wilden Vermutungen, die in der Schule und im Ort herumliefen. Die brave Lilly, Tochter des stellvertretenden Direktors. Wie konnte sie nur so etwas tun? Viel schlimmer aber war die Wut auf mich, von der mir Tessa berichtete, wegen der Anzeigen, die meine Mutter gemacht hatte.

Zumindest das glaubte ich, ändern zu können. »Kannst du die Anzeigen nicht zurückziehen? Alle hassen mich deswegen«, versuchte ich es bei meiner Mutter.

»Nein! Warum sollte ich?« Meine Mutter schaute mich verwundert an. »Die Polizei hat mich informiert, dass deine Bilder auch bei Facebook aufgetaucht sind. Oder kam das auch von deinem Handy?«

Ich schüttelte den Kopf. »Jemand hat mein Profil geklaut.«

Meine Mutter schaute mich ratlos an. »Profil geklaut? Was ist das denn?«

»Egal. Ich habe es schon gemeldet.« Das würde meine Mutter doch nicht verstehen. »Und Jannis hat auch damit nichts zu tun. Zieh doch wenigstens die Anzeige gegen ihn zurück.« Bei Jannis war ich nach wie vor ganz sicher. So konnte man sich doch nicht in einem Menschen täuschen. Wir mussten unbedingt reden.

Aber er meldete sich nicht. Nicht an diesem Tag und auch nicht am nächsten und übernächsten. Es war, als hätte es Jannis nie in meinem Leben gegeben. Ich habe ihm ein paarmal eine Nachricht geschrieben, dass wir uns treffen sollten, um in Ruhe alles zu besprechen. Und dann habe ich sie nicht abgeschickt. Aus Angst vor seiner Antwort.

Auch Tessa zog sich immer mehr zurück. Sonst kam sie jeden Abend und berichtete mir den neuesten Klatsch. Als sie sich dann zwei Tage hintereinander nicht bei mir gemeldet hatte und ich sie auch auf ihrem Handy nicht erreichen konnte, machte ich mir Sorgen.

Ich klingelte bei ihr an der Haustür. Ihre Mutter öffnete. Sie wirkte ein wenig verlegen, als sie mich sah, aber vielleicht bildete ich mir das auch nur ein.

»Ist Tessa da?«

»Jaaa ..., aber sie hat Besuch.« Anders als sonst bat sie mich nicht herein.

»Kann ich mit ihr sprechen? Bitte, es ist wichtig!«

Sie sagte nicht Ja und nicht Nein, trat aber einen Schritt zurück, sodass ich an ihr vorbei in den Flur gehen konnte. Aus Tessas Zimmer kamen leise Stimmen.

Ich klopfte an, aber sie hatten mich nicht gehört. Als ich die Tür öffnete, sah ich, wie Tessa mit Samantha auf ihrem Bett saß, jeder einen Earplug im Ohr. Sie beugten sich über ein iPad und schienen sich gut zu amüsieren.

Ich wollte die Tür leise wieder schließen, als Tessa hochsah und mich erblickte. Der Ausdruck in ihrem Gesicht erschreckte mich. In ihren Augen las ich, wie unangenehm es ihr war, dass ich hier stand. Noch nie hatte sie mich so angesehen.

Auch Sam freute sich nicht wie sonst, als sie mich sah. Sie wirkte sehr verlegen. Und da wurde mir klar, dass ich auch Tessa verloren hatte. Wann hatten wir das letzte Mal so entspannt zusammen Musik gehört? Wenn sie mich besuchte, ging es nur um meine beschissenen Probleme, für die es keine Lösung gab. Mit Sam konnte sie fröhlich sein. Mit Sam zusammen konnte sie sich auch mit anderen treffen, wurde nicht beschimpft wegen dieser Freundin. Ganz im Gegenteil sogar beneidet.

Ich konnte Tessa gut verstehen. Und auch Sam war ich nicht böse. Sie war immer nett zu mir gewesen. Schuld an der ganzen Sache war alleine ich. Hätte ich die Fotos nicht gemacht, wäre all das nicht passiert.

»Hi, Lilly«, sagte Tessa endlich, als das Schweigen unangenehm wurde. »Ich habe versucht, dich anzurufen, aber du warst nicht da. Ich dachte, du bist beim Segeln und in einem Funkloch.«

Tessa war die schlechteste Lügnerin, die ich kannte. Wenn sie mich angerufen hätte, würde ich das auf meinem Display sehen. Wir wussten beide, dass sie log. Es tat weh, mehr noch, als Sam auf ihrem Bett sitzen zu sehen.

»Warum sagst du nicht einfach, was du von Tessa willst, und dann könnten wir weiter Musik hören«, mischte sich Sam ein.

Ich war froh darüber, denn sonst hätten Tessa und ich uns noch länger angestarrt; sie sehr verlegen, ich sehr traurig.

Ohne ein weiteres Wort schloss ich die Tür und ging.

Tessa lief mir nach. »Lilly, so warte doch. Wir können uns morgen treffen. Morgen nach der Schule. Ich rufe dich nachher an.«

Ich schaute mich nicht einmal mehr um und sie rief auch nicht mehr an.

Zwölf

Mein erstes Treffen mit Jannis nach seiner Rückkehr war eine Katastrophe. Nie, nicht in meinen allerschlimmsten Albträumen hätte ich mir das so ausgemalt.

Meine Mutter hatte mir gesagt: »Im Leben gibt es Phasen, da geht es nur bergab. Aber irgendwann bist du unten angekommen und dann geht es wieder bergauf.« Aber sie hatte mir nicht gesagt, wie lange so eine Talfahrt dauerte und woran man erkennen konnte, dass der tiefste Punkt erreicht war. Immer, wenn ich dachte, es konnte nicht schlimmer werden, ging es noch mal weiter bergab.

Ich hatte eine Vorladung von der Polizei bekommen. Meine Mutter wollte mich eigentlich zu Hause abholen und mich begleiten. Aber dann rief sie kurz vorher an, dass ihr ein wichtiger Termin dazwischengekommen sei und ich alleine gehen müsse. Das war mir eigentlich ganz recht. Wer weiß schon, welche Details die Polizisten wissen wollten. Meine Mutter musste ja nicht alles wissen.

Ich verpasste dann auch noch den Bus und kam mit ziemlicher Verspätung und ohne die leiseste Ahnung, was mich erwartete, vor dem Polizeigebäude an. Es war mir egal. Ich versprach mir nichts von den Untersuchungen der Polizei. Nur noch mehr Ärger.

Kaum war ich durch die Glastür gegangen, sah ich sie. Sie saßen aufgereiht im langen Gang und warteten darauf, dass man sie aufrief. Alle waren sie da, Kevin, Peer, Ansgar … die ganze Abistufe.

Jannis saß neben Jenifer.

Sie saßen alle da, schweigend oder nur flüsternd, einige hatten den Kopf in die Hände gestützt, andere starrten Löcher in die gegenüberliegende Wand. Die meisten waren braun gebrannt von der Sonne Mallorcas, ansonsten wirkten sie eher erschöpft und irgendwie ängstlich. So hatten sie sich die Rückkehr aus der Partywoche wohl nicht vorgestellt.

Sie mussten befürchten, dass jeder, der ein Foto von mir weitergeschickt hatte, bestraft werden würde. Meine Mutter hatte mir gesagt, dass man die Handys von Spezialisten untersuchen lassen würde. Die könnten auch das Gelöschte wieder hervorzaubern.

Ich stand wie festgeklebt da, wusste nicht, was ich machen sollte. Als sie mich sahen, schlug die Stille in ein plötzliches Stimmgewitter um, in deren Zentrum ich mich befand.

»Schlampe!« und »Hure« waren jetzt noch die nettesten Bezeichnungen, die man mir an den Kopf warf.

»Hast du überhaupt eine Ahnung, was du angerichtet hast, mit deiner Anzeige?«, schrie Peer. »Ich habe mich für ein Stipendium beworben, das kann ich knicken, wenn das hier rauskommt.«

»Warum verschickst du deine Scheißfotos an alle?«, schimpfte Jenifer. »Du wolltest doch, dass man die weitersendet! Und dann machst du eine Anzeige, du falsche Schlange. Aber glaub nicht, dass du damit durchkommst! Mein Vater hat schon den besten Anwalt engagiert.«

Jannis legte beruhigend seinen Arm um sie, mir warf er einen bösen Blick zu. Das tat mehr weh als alle Beleidigungen zusammen.

»Ich habe sie an niemanden verschickt, nur an Jannis!«, sagte ich leise.

Höhnisches Gelächter ertönte.

»Klar doch, Mädchen. Gib es doch endlich zu. Die Fotos kamen von deinem Handy. Hier willst du sehen?« Peer streckte mir sein Handy hin.

Ich schloss die Augen, aber Peer drückte meinen Arm so stark, dass ich aufschrie: »Augen auf! Wir mussten uns das auch ansehen!« Mein nackter goldener Busen mit den roten Buchstaben »Ich liebe dich!« leuchtete mir entgegen.

Ich schämte mich so sehr.

»Ich liebe deine Brüste, auch wenn sie ein wenig klein geraten sind«, sagte Peer. Unter dem Gelächter der anderen drückte er mit beiden Händen meine Brustwarzen, sodass ich vor Schmerz aufschrie. »Die sind in Natur noch besser als auf dem Foto.«

Wieder lachten alle. Es war ein böses Lachen, das schlagartig aufhörte, als Jannis aufsprang und Peer mit der Faust ins Gesicht schlug. Peer taumelte rückwärts und ging zu Boden. Das Blut lief ihm aus der Nase.

»Scheiße, Mann! Bist du besoffen oder was?« Wütend ging Peer auf Jannis los.

»Besoffen ist er nicht. Der ist immer noch verliebt in die Schlampe!«, meinte Ansgar.

»So ein Blödsinn!«, schrie Jenifer. »Los verpiss dich, Lilly!«

Ein Polizist ging dazwischen. »Hey, was fällt euch ein! Schön friedlich sitzen bleiben! Sonst sperre ich euch alle in eine Zelle!«

»Geh nach Hause, Lilly!«, sagte Jannis und schob mich zur Glastür. »Lass dir einen Termin geben, wenn niemand von uns da ist. Es macht alles nur noch schlimmer.«

Wie betäubt stolperte ich durch die Tür, die Treppe hinunter. Stundenlang irrte ich durch die Straßen. Meine Brustwarzen brannten, so wie die Tränen auf meinem heißen Gesicht.

Als ich nach Hause kam, wartete meine Mutter schon auf mich. Sie sagte nichts, nahm mich nur ganz fest in den Arm. Sie war kurz nach meinem Abgang angekommen, als die Polizisten gerade dabei waren, eine Schlägerei zwischen Peers Freunden und Jannis zu verhindern.

Zwei Tage später musste ich dann meine Aussage machen. Meine Mutter begleitete mich diesmal. Der freundliche Beamte tat zumindest so, als glaubte er mir, als ich ihm sagte, ich hätte die Fotos nur an Jannis verschickt.

»Wer hatte Zugang zu deinem Handy?«

Ich zuckte mit den Schultern. »Keine Ahnung. Es ist mir auch egal. Es ändert nichts mehr.«

»Vielleicht könntest du dir trotzdem ein bisschen Mühe geben!« Der Polizist war ziemlich genervt, genauso wie meine Mutter, die mir böse Blicke zuwarf. »Gehen wir mal davon aus, du sagst die Wahrheit, dann muss jemand dein Handy benutzt haben. Also wer könnte das sein?«

Er tat so, als hätte ich mir diese Frage nicht auch schon tausendmal gestellt. Erwartete er wirklich, ich würde nun Namen nennen, von denen ich wusste, sie konnten es nicht gewesen sein. Damit mich noch mehr Menschen hassen würden als jetzt schon? Niemals. Jeder weitere Lilly-Hasser war einer zu viel. Ich konnte nicht mehr davon ertragen.

Ich schaute meine Mutter etwas hilflos an. Was sollte ich nun tun?

Sie nahm mir die Entscheidung ab, indem sie Tabeas Namen nannte und erwähnte, dass auch mein Segelteam infrage kam, weil ich mein Handy in der Umkleidekabine gelassen hatte.

Super, Mutter! Dann kann ich mir ja gleich die Kugel geben, dachte ich, während der Beamte eifrig jede Information aufschrieb.

»Das wäre es fürs Erste. Wir melden uns bei Ihnen.«

Meine Mutter war ziemlich sauer auf mich. »Sag mal, willst du denn gar nicht wissen, wer dahintersteckt?«

Wollte ich das?

Anfangs hatte ich es gewollt. Dann wäre vielleicht noch etwas zu retten gewesen. Aber nun war es mir tatsächlich egal. Mein Leben war so oder so kaputt. Ob der- oder diejenige bestraft würde, das berührte mich nicht mehr wirklich.

Würde es Jannis zurückbringen? Er war mit Jenifer zusammen, das hatte ich ja mit eigenen Augen auf der Polizeistation gesehen.

Würde es die Fotos verschwinden lassen? Auch nicht! Sie würden für immer irgendwo herumschwirren, und immer dann, wenn ich nicht damit rechnete, zum Vorschein kommen.

Mein ganzes Leben lang.

Auch wenn man den oder die Täter fing, und ich vom Täter wieder zum Opfer wurde, was änderte das?

Der oder die würden bestraft werden, wahrscheinlich nur mit einer Geldstrafe, die man Schmerzensgeld nannte, wie der Anwalt meiner Eltern gesagt hatte. Das war einfach nur lächerlich. Damit konnte ich mir mein altes Leben auch nicht zurückkaufen.

Die eigentliche Täterin in den Augen der anderen würde immer ich bleiben. Ich hatte längst auch ohne Gerichtsurteil eine lebenslange Strafe bekommen, gefangen in einem Körper, den ich hasste.

Dreizehn

Der letzte Tag vor den Sommerferien brachte einen neuen Tiefpunkt. Meine Eltern wollten, dass ich zur Zeugnisausgabe in meine Klasse gehen sollte. Das kam für mich völlig unerwartet. Ich war einfach noch nicht wieder bereit für eine neue Schlacht auf dem Schulhof. »Ich dachte, ich sollte erst nach den Ferien wieder zurück. Die Klassenkonferenz hat doch bestimmt, dass ich …«

»Aber nur weil wir in Ruhe ermitteln wollten, wer die Plakate aufgehängt hat. Wir haben den Täter nicht gefunden und werden es auch wohl nicht mehr. Es ist aussichtslos. Es bringt nur Unruhe in den ganzen Betrieb.«

»Und die Polizei? Gibt die auch auf?« Meine Mutter regte sich furchtbar auf.

»Die Polizei ermittelt weiter wegen der Fotos. Es ist nicht meine Entscheidung, aber die Lehrerkonferenz hat entschieden, dass wir unsere Schule nicht länger zum Tatort machen können. Wir müssen zur Normalität zurück. Und darum geht Lilly heute wieder zur Schule.«

»Hat das die Lehrerkonferenz entschieden?«, wollte meine Mutter wissen.

»Nein, das habe ich so entschieden. Es ist besser, Lilly, du kehrst so schnell wie möglich in dein normales Leben zurück. Dann kannst du in Ruhe in die Ferien gehen und im neuen Schuljahr erinnert sich niemand mehr daran.«

Zurück in mein normales Leben? Wovon redete er? Mein normales Leben gab es nicht mehr.

Darum weigerte ich mich auch. Mein Vater bekam einen Wutanfall, was noch nie passiert ist. Er war immer der ruhende Pol in unserer Familie gewesen, aber auch seine Nerven lagen ganz offensichtlich blank.

»Du bist nicht krank!«, schrie er. »Du bist 14 und verantwortlich für dein Handeln. Nun steh gefälligst auch dazu. Glaubst du etwa, für mich waren die letzten zwei Wochen ein Strandspaziergang? Das Getuschel hinter meinem Rücken, die Blicke der Kollegen zwischen Mitleid und Schadenfreude. Letzte Woche hing ein Plakat an der Eingangstür zur Turnhalle: ›Frage: Wie heißt der Vater einer Hure? Antwort: Hurenvater!‹ Ich steh das doch auch durch ... irgendwie.«

Ich war geschockt. Ich hatte nicht gewusst, wie schlimm es für ihn war. Und es war meine Schuld, dass man ihn so fertigmachte.

Auch meine Mutter hatte offenbar nicht geahnt, was in der Schule abging. Früher konnten wir über alles offen reden. Auch das hatte ich kaputtgemacht.

Meine Mutter starrte meinen Vater nur entsetzt an. Schließlich sagte sie mit leiser Stimme: »Dein Vater hat recht. Du hast eine Dummheit gemacht, die dich noch lange verfolgen wird. Aber je länger du dich versteckst, desto schlimmer wird es. Augen zu und durch! In der Apotheke spricht mich niemand auf das Thema an, aber ich weiß doch auch, was sie denken, wenn sie mich sehen. Meine Chefin macht sich bereits Sorgen, ob ich die Kunden verschrecken könnte. Dabei machen wir schon eine ganze Weile weniger Umsatz.«

Ob sie eine Kündigung befürchtete, sagte meine Mutter nicht, aber für mich stand fest, dass ich es geschafft hatte, nicht nur mein eigenes Leben zu ruinieren, sondern auch das meiner Eltern.

Ohne weiter zu protestieren, machte ich mich auf den Weg zur Schule. Ich konnte doch nicht feiger sein als meine Eltern, die keine Schuld an der Situation hatten. Unterwegs legte ich mir eine Überlebensstrategie zurecht, obwohl ich wusste, dass ein dickes Fell, das mich schützen könnte, zum Wachsen Monate und nicht Minuten brauchte. Für heute mussten meine Earplugs und Hardrockmusik reichen.

Die mochte ich eigentlich gar nicht, aber man konnte die Bässe so laut stellen, dass kein Geräusch von draußen zu mir drang. Blöde Kommentare, Pfiffe, alle Beleidigungen, sie würden an mir vorbeirauschen, ohne mich zu treffen.

Nur gegen ihre Blicke konnte ich nichts machen.

Für einen Moment spielte ich mit dem Gedanken, in einem Hauseingang bis zum zweiten Klingelzeichen zu warten und erst, wenn alle in ihren Klassen verschwunden waren, über den Schulhof zu gehen. Aber nur für einen Moment. Mein Vater konnte das ja auch nicht.

Also Ohren zu und durch.

Zum Glück war die Abistufe schon entlassen worden, andernfalls hätte mich spätestens am Schultor der Mut verlassen. Auch wenn ich ihre Stimmen nicht mehr hören konnte, sah ich an den Gesichtern der Schüler, wie das Lachen und Reden aufhörte, sobald sie mich erblickten.

Einige starrten mich nur an, neugierig, verlegen, verächtlich. Meine ehemaligen Freundinnen taten so, als sähen sie mich nicht. Auch Tessa konnte meinen Anblick offenbar nicht mehr ertragen und drehte sich zu Sam um, die neben ihr stand.

Einige Jungen aus meiner Stufe machten kreisende Bewegungen mit ihren Hüften oder legten die Hände auf ihre nicht vorhandenen Brüste. Ich hörte ihr hämisches Lachen.

Es kam nicht durch meine Ohren, es kam durch meine Augen und durch jede meiner Hautporen, setzte sich in meinem ganzen Körper fest, sodass ich glaubte zu ersticken. Ich öffnete meinen Mund und atmete hektisch in kleinen Stößen die Luft ein.

Das brachte sie noch mehr zum Lachen. Sie machten einen Kreis um mich, verschlossen mir den Weg.

Einer zog mir mit einem Ruck die Kopfhörer heraus. »Wir wollen uns mit dir unterhalten«, schrie er. »Hast du neue Fotos für uns?« Die anderen johlten und klatschten. Immer mehr Schüler eilten herbei. Sie schubsten mich zwischen sich hin und her. Wem ich zu nahe kam, der grapschte nach meinen Brüsten und drückte fest zu.

Irgendwann stolperte ich und fiel hin.

Es klingelte. Sie ließen mich liegen und gingen davon, wobei ich so manchen Tritt verbunden mit Beleidigungen abbekam.

»Schlampe!«

»Das kannst du jeden Tag haben. Such dir 'ne andere Schule!«

»Auswandern wäre auch 'ne Option!«

»Oder Kopf in Gasofen!«

»Das ist für die Anzeige gegen meinen Bruder!«

»Dein Leben ist jedenfalls im Arsch!«

So fühlte es sich auch an. Ich wünschte, ich wäre zu Hause geblieben. Lieber feige als das hier.

Irgendwann war auch der Letzte gegangen.

Ich blieb noch einen Moment liegen, um ganz sicher zu gehen. Mein ganzer Körper schmerzte, ich hob den Kopf und sah mich vorsichtig um. Niemand mehr da.

Als ich eine Hand auf meiner Schulter spürte, zuckte ich zusammen und versteckte meinen Kopf wieder zwischen den Armen.

»Alles gut! Ich bin es nur.« Es war Sam. Sie half mir beim Aufstehen, klopfte mir den Sand von meiner Hose und dem T-Shirt. »Du blutest am Knie!« Ihre Stimme klang erschrocken. »Tut es weh?«

Ich schüttelte den Kopf. Die Schrammen am Körper

schmerzten mich nicht. Mit Sam hatte ich nicht gerechnet. Und Tessa? Sie war in die Klasse gegangen, wie alle anderen.

Sam stützte mich, als ich zur Schultür humpelte. »Es tut mir so leid«, sagte sie. »Das habe ich nicht gewollt.«

»Es ist ja nicht deine Schuld, alle hassen mich.«

Die Tränen, die auf einmal in Sams Augen standen, verwunderten mich ein wenig. Ich war diejenige, die weinen sollte, aber mein Vorrat an Tränen war bereits in den letzten Tagen aufgebraucht worden. »Ich komme schon klar damit. Irgendwann wird es vorbei sein«, sagte ich, um sie zu trösten. »Und du bist die Einzige, die mir geholfen hat. Danke!«

»Ich … ich …«

Was Sam eigentlich sagen wollte, erfuhr ich nicht. Von hinten sprach uns eine Stimme an. »Hey, Mädels, wartet mal.« Der Mann hielt uns seinen Ausweis hin.

Er war kein Polizist, wie ich zunächst dachte, sondern schlimmer noch, ein Reporter vom Lokalblatt.

»Du bist sicher Lilly«, sagte er. »Hast du die Fotos nun weitergeschickt oder nicht? Deine Mitschüler, die ich gerade befragt habe, haben keinen Zweifel daran. Es geht um eine Liebesgeschichte mit einem … Moment, wie heißt er doch gleich.« Der Reporter blätterte in seinen Notizen. »Ach hier … Peer heißt er. Stimmt das?«

Die Worte blieben mir im Hals stecken. Ich schüttelte nur hilflos den Kopf.

Dafür redete Sam. »Gar nichts stimmt davon! Es ist alles gelogen! Und nun verpissen Sie sich endlich!« Sam stieß den Mann wütend beiseite und hielt die Schultür auf. Dann verabschiedete sie sich hastig von mir mit den Worten. »Ich muss in meine Klasse. Herr Petermann hasst Zuspätkommer!« Sie verschwand, bevor ich mich bei ihr bedanken konnte.

Im Gebäude traf ich noch auf einige andere Schüler, die wie ich etwas spät dran waren. Von einer Sekunde zur anderen verstummten auch hier die Gespräche. Das Lachen in ihren Gesichtern gefror zu Eis. Die jüngeren starrten mich eher neugierig an, die älteren grinsten frech und tuschelten.

Ich war froh, als ich auf Frau Bergemann traf, die auf dem Weg in meine Klasse war. Wenn ich mit ihr zusammen ankam, würde sie mich schützen. Aber auch sie war nicht erfreut, mich zu sehen.

»Lilly, was machst du denn hier? Mit dir hatte ich gar nicht gerechnet.«

»Mein Vater meinte, ich soll mir das Zeugnis abholen.«

»Das hätte er mit mir absprechen müssen.« Sie war wütend, das war deutlich zu sehen. »Wir wollen gemütlich frühstücken. Wie immer am letzten Tag. Und dann die Zeugnisausgabe.«

»Und dabei störe ich?«, rutschte es mir heraus.

Sie sah mich etwas verlegen an. »Wenn ich ehrlich sein soll, ja. Du weißt genau, was passieren wird, wenn du so unvermutet kommst.«

»Die anderen wissen doch längst, dass ich da bin.« Offenbar hatte sich das, was gerade auf dem Schulhof passiert war, noch nicht im Lehrerzimmer herumgesprochen.

»Warum bist du nicht gestern gekommen? Dann hätte ich das vorbereiten können. Aber so …«

»Soll ich wieder gehen?«

Sie zögerte, dann nickte sie. »Ich habe nichts gegen dich, Lilly. Das weißt du doch, oder?« Sie schaute mich erwartungsvoll an. Aber ich tat ihr den Gefallen nicht, zu nicken.

»Nach dieser Fotoaktion kannst du nicht einfach so erscheinen. Das muss …«, sie suchte nach Worten, »… vorbereitet sein. Die Klassenkonferenz hat entschieden, dass du bis zu den Ferien zu Hause bleiben sollst. Und deine

Eltern waren einverstanden. Da kannst du nicht einfach so unangekündigt kommen. Das verstehst du doch sicher, oder?« Wieder sah sie mich an.

Ich schaute an ihr vorbei. Es war egal, ob ich es verstand oder nicht. Es würde ja doch nichts ändern.

Frau Bergemann wühlte in ihrer Tasche, zog den Stapel mit Zeugnissen hervor und drückte mir meines in die Hand. »Schöne Ferien, Lilly. Und danach fangen wir neu an.« Jetzt lächelte sie mich sogar freundlich an. Dann zog sie beschwingt und sehr erleichtert ab, jetzt, wo ich keine Bedrohung mehr für ihr gemütliches Klassenfrühstück war.

Ich stopfte mein Zeugnis in den Rucksack, ohne einen Blick darauf zu werfen. Meine Schulnoten interessierten mich nicht mehr, obwohl ich da mit Sicherheit besser abgeschnitten hatte als im Rest meines Lebens.

Danach machte ich mich auf den Weg zu dem einzigen Ort, an dem ich noch willkommen war, auch wenn ich wusste, dass es nur eine Frage der Zeit war, dass auch am Bootssteg über mich und meinen nackten Körper diskutiert wurde. Aber solange sie mir mein Segelboot ließen, mit dem ich vor ihren Blicken fliehen konnte, so lange war alles noch irgendwie zu ertragen.

Vierzehn

Meine Schonzeit am Bootssteg war noch schneller vorbei, als ich gefürchtet hatte. Schon einen Tag später, am ersten Ferientag, waren meine Nacktfotos und ich in jedem Haus im Dorf und im Umkreis von fünfzig Kilometern, so weit wie der Einzugsbereich unseres Lokalblattes reichte, das Hauptthema und damit natürlich auch im Verein.

»Brutale Mobbing-Attacke auf 14-jährige Schülerin

Auf dem Schulhof der Gesamtschule Bergestorf schlugen Mitschüler die 14-jährige Lala F. brutal zusammen. »Sie hat selbst Schuld!«, sagte einer der Schüler. Der Grund: Lala hat Nacktfotos von sich an die Abiturienten der Schule geschickt. Als das aufflog, stellte sie sich als Opfer hin und zeigte die Abiturienten an. Bei allem Verständnis für den Zorn der Schüler ist ihre brutale Reaktion jedoch aufs Schärfste zu verurteilen.

Nur die 15-jährige Samantha P. zeigte Mitleid und half Lala beim Aufstehen.«

Der Reporter war eigentlich auf dem Weg zur Generalprobe der Theater-AG gewesen, deren Aufführungen immer ein Höhepunkt zum Abschluss des Schuljahres waren. Unser Direktor nutzte solche Gelegenheiten, um durch den Zeitungsartikel eines wohlgesonnenen Reporters das Image der Schule bei den Dorfbewohnern aufzumotzen, so nach dem Motto: Seht her! Unsere Schüler sorgen zwar für viel Unruhe, aber sie können auch ganz anders.

Diesmal war der Reporter aber unbeabsichtigt Zeuge des Angriffs auf mich geworden. Und statt sich ein inszeniertes Theaterstück auf der Bühne anzusehen, stürzte er sich begeistert auf das, was sich vor seinen Augen abgespielt hatte. Obwohl er dafür eigentlich eine Genehmigung gebraucht hätte, schoss er zahllose Fotos, wie man mich hin und her schubste, wie ich auf dem Boden lag, mein Gesicht zwischen den Armen gegen die Fußtritte schützend, wie die anderen zuschauten oder zutraten.

Geschickterweise hatte der Reporter die Gesichter der Schüler mit einem Balken versehen, sodass die Anzeige unseres Direktors gegen ihn ins Leere lief. Auch Hausfriedensbruch konnte man ihm nicht vorwerfen, da er ja eingeladen war. Die Namen der Schüler hatte er nicht ausgeschrieben. Ich hieß in seinem Bericht Lala F. (Name von der Redaktion geändert). Aber es gab inzwischen genügend Leute, die die Geschichte und meinen wahren Namen kannten, und so konnte jeder, der nachfragte, ihn natürlich auch erfahren.

Es war ein Riesenskandal. Auch für die anderen Schüler und die Schule. Die Polizei ermittelte wegen Körperverletzung und unterlassener Hilfeleistung. Ich wurde befragt, konnte aber ehrlich sagen, dass ich einen Blackout hatte, was einzelne Gesichter anbetraf. Sie alle waren für mich zu einer grausig grinsenden Fratze zusammengeschmolzen. Und selbst wenn ich mich erinnert hätte, hätte ich geschwiegen. Noch mehr Ärger konnte ich nicht ertragen.

Auch von den anderen Schülern konnte die Polizei keine Namen erfahren. Irgendwie hatten ja alle mitgemacht, auch die, die sich weggedreht hatten. Und so lief die Polizei vergeblich gegen eine Mauer aus Schweigen. Und jeder, der etwas wusste, schwieg, sodass am Ende niemand bestraft werden konnte.

Die Einzige, die aus der ganzen Geschichte als Heldin hervorging, war Sam. Ihr widmete der Reporter einen ganzen Absatz. Wie sie mir aufgeholfen hatte, wie sie mich gestützt hatte. Es gab Fotos davon, alle von hinten geschossen. Sam bekam eine Belobigung vom Direktor und vom Bürgermeister wegen Zivilcourage. Auch mein Vater bedankte sich bei ihr.

Mir ging sie aus dem Weg. Wenn ich sie zufällig traf, wenn sie Tessa besuchte, grüßte sie mich freundlich, aber immer etwas verlegen.

Als ich am Morgen nach dem Zeitungsbericht die Haustür öffnete, blickte ich direkt in die Kamera eines Reporters.

Ich schlug ihm wortlos die Tür vor der Nase zu. Durchs Küchenfenster beobachtete ich, wie er sich an einen Baum lehnte und wartete. Er blieb den ganzen Vormittag und ließ sich auch nicht durch die Drohung meines Vaters abhalten, ihn anzuzeigen.

Die Polizei, die meine Mutter anrief, sagte, sie könne nichts machen. Es sei nicht verboten, unter einem Baum zu stehen und zu warten, weil der Weg öffentlich ist.

Wie hatte ich mich auf die Sommerferien gefreut. Vor allem auf die geplanten zwei Wochen in Jannis' Familie. Daraus wurde natürlich nichts. Meine Eltern hatten sich mit Jannis' Eltern wegen der Anzeige zerstritten, ihre Freundschaft lag auf Eis, und ob sie jemals wieder auftauen würde, war zweifelhaft. Mich hatten sie in letzter Minute zu dem Segelcamp in Mecklenburg-Vorpommern angemeldet, das von unserem Verein für Jugendliche angeboten wurde. Am liebsten hätten meine Eltern ihre Reise abgesagt. Aber das ging nicht. Die Schwester meiner Mutter, die seit Jahren auf Kreta lebte, war schwer erkrankt und konnte sich nicht mehr alleine versorgen. Meine Eltern sollten den Krankentransport nach Deutschland organisieren und ihren Haushalt auf Kreta auflösen. Erst wollten sie, dass ich noch mitfliege, aber das kam für mich nicht infrage. Dann würde ich ja das Segelturnier verpassen. Sie flogen zwei Tage, bevor meine Reise losgehen sollte, ab.

»Können wir dich alleine lassen?«

»Ich bin fast 15!« Und fühlte mich wie hundert.

»Vergiss nicht, die Haustür abzuschließen. Ich habe vorgekocht … Schick zwischendurch eine SMS. Tessas Mutter weiß Bescheid. Wenn du etwas brauchst, melde dich bei ihr. Du kannst auch bei ihnen schlafen, wenn du dich zu alleine fühlst.«

Ich tat so, als sei ich erfreut über das Angebot, hatte aber nicht vor, es anzunehmen. Tessa und ihre Mutter würden mir dankbar sein, da war ich ziemlich sicher.

Mit mir wollte niemand mehr freiwillig zusammen sein aus Angst, mein schlechter Ruf würde abfärben. Und in einem Dorf wie dem unsrigen war der gute Ruf lebenswichtig. War er erst mal beschädigt, und meiner war komplett ruiniert, dann sollte man besser auswandern. Ausharren und durchhalten, das konnte man nur für eine begrenzte Zeit. Solange man nach den geltenden Regeln spielte, war man sicher und geborgen in der Dorfgemeinschaft. Aber wer die Regeln des Anstands verletzte, war draußen. Rückkehr eher ausgeschlossen.

Ich war froh, als meine Eltern endlich abfuhren.

Zum Bootshaus konnte ich nicht gehen. Ich war zu spät dran. An diesem Tag fand das traditionelle Grillfest statt und seit dem Vormittag waren alle dort, um die Party vorzubereiten. Ich hatte keine Lust auf ihre Blicke, auf ihre Kommentare, die mich jetzt natürlich auch dort erwarteten.

Meine Mutter hatte mir Geld fürs Kino dagelassen. Aber das war der letzte Ort, wo ich hingehen würde. Das Kino lag auf dem Gelände des Einkaufszentrums, direkt neben der Disco. Und dort würde heute die gesamte Dorfjugend versammelt sein, die nicht verreist war. Ich konnte mir ausmalen, was mich dort erwartete.

Den Rest des Tages hockte ich vor dem Fernseher und schaute mir all die bescheuerten Reality-Dokus an, in der die Menschen meist noch mehr Probleme hatten als ich.

Das war irgendwie tröstlich, auch wenn ich wusste, dass es alles nur gespielt war.

Am nächsten Morgen ging ich schon früh aus dem Haus. Ich rechnete nicht damit, dass ich um diese Zeit jemanden am Bootshaus treffen würde. Daher war es ein Schock, als ich dort einige Jugendliche stehen sah, unter ihnen Kevin, Jannis und Jenifer. Sie waren in ein Gespräch mit dem Bootswart vertieft. Ich schlich um das Haus herum und von da an die Gruppe heran, sodass sie mich nicht sehen, ich sie aber sehen und vor allem hören konnte.

Es tat weh, Jannis zu sehen. Noch unerträglicher war es, Jenifer zuzusehen, wie sie den Arm um ihn legte und ihn verliebt anschaute.

»Das hätte ich nie von Lilly gedacht!«, sagte der Bootswart gerade und schüttelte den Kopf. »Ich hab davon in der Zeitung gelesen, aber es war ja keines von den Fotos dabei. Nacktfotos also. Nicht zu glauben!«

Jenifer zückte ihr Handy. »Ihren Busen kann ich Ihnen zeigen. Oder lieber das Ganzkörpernacktfoto.« Sie lachte laut.

Alles in mir krampfte sich zusammen.

Am Steg gab es eine Rangelei, als Jannis versuchte, Jenifer das Handy wegzunehmen. »Hör auf damit, Jen. Das sind private Fotos! Es ist schon schlimm genug für Lilly.«

Jenifers Lachen hallte über den Steg bis zu mir. »Privat?«, kreischte sie. »Sie wollte doch, dass alle sie sehen!«

Als Jannis nach dem Handy griff, machte Jenifer einen Schritt zurück und fiel schreiend ins Wasser.

Kevin sprang sofort hinterher, um sie zu retten.

Jannis schaute zu.

Als die tropfende Jenifer aus dem Wasser kam, überschüttete sie Jannis mit Schimpfworten. Sie hielt ihm ihr Handy hin. »Das kann ich jetzt wohl vergessen!«

»Du musst es in den Backofen legen und trocknen.« Das war Jannis' einziger Kommentar.

Der Bootswart nahm sie mit, um ihr trockene Ersatzkleidung zu geben, die er für solche Fälle immer vorrätig hatte. Kevin begleitete die beiden.

Ich sah ihnen nach, wusste, dass ich nicht verhindern konnte, was gleich passieren würde. Auch auf Kevins Handy waren meine Fotos. Jannis' Versuch, mich zu schützen, würde nicht lange Erfolg haben. Kevin würde sie dem Bootswart hundertprozentig zeigen. Vielleicht schickte er sie ihm auch per Mail. Kevin hatte schon immer ein Problem mit mir. »Jannis' Babyfreundin«, nannte er mich nur. Aber er hätte mich früher nie vor anderen angegriffen. Das hatte sich jetzt geändert. Als ich ihn vor einigen Tagen im Bootshaus getroffen hatte, hatte er mir verächtlich »Schlampe!« zugezischt.

Jannis setzte sich auf den Steg und wartete. Ich wäre so gerne zu ihm gelaufen, aber ich traute mich nicht. Außerdem musste ich sehen, dass ich hier wegkam. Bald würden weitere Segler eintreffen.

Als ich diesmal in meinem Boot saß und mit dem Wind davonflog, war es anders als sonst. Es lag auch hier Abschied in der Luft. Meine Fotos hatten mich eingeholt. Ich hatte meinen letzten Zufluchtsort verloren.

Ich hatte immer gewusst, dass der Zeitpunkt früher oder später kommen würde, aber nun, wo er da war, traf es mich doch wie ein Blitz. Auch hier würde ich nun mit den Blicken leben müssen, die mich auszogen, die mich verachteten, die wünschten, ich wäre gar nicht da. Ich stellte mir vor, ich hätte eine Tarnkappe und könnte ungesehen zwischen ihnen herumgehen. Das wäre für beide Seiten das Beste.

Hier auf meinem Boot war ich frei, frei von solchen Blicken. Ich versuchte, jede Sekunde zu genießen, weil ich wusste, es würde heute Abend schon wieder enden. Es sei denn, ich bliebe auf dem Boot und würde immer weitersegeln, aufs Meer hinaus, segeln ohne Wiederkehr.

Fünfzehn

Auf dem Weg, der zu unserem Endreihenhaus führte, traf ich auf Tessa und ihre Mutter. Begeistert waren sie nicht, mich zu sehen.

»Hi, Lilly«, sagte Tessa schließlich.

»Wenn du etwas brauchst«, meinte ihre Mutter, »dann sag einfach Bescheid.«

Ich nickte und ging wortlos an ihnen vorbei.

»Wenn du magst, kannst du zum Abendessen kommen!«, rief Tessas Mutter mir nach. Aber ihre Stimme verriet sie. Diese Einladung machte sie nur, weil sie meiner Mutter versprochen hatte, nach mir zu sehen. »Tessa, was meinst du? Lilly kann doch heute zum Essen kommen, oder?«

Tessas Antwort konnte ich nicht mehr hören, aber das wollte ich auch gar nicht. Ich hatte ihre Freundschaft verloren, ihre Höflichkeit brauchte ich nicht.

Am nächsten Morgen machte ich mich wieder sehr früh auf den Weg. Ich war die Erste, dachte ich jedenfalls. An meinem Boot klebte ein Zettel, auf dem stand in der Schrift meines Trainers: »Komm bitte zum Bootshaus, Lilly!«

Dort war aber niemand. Ich stellte mich vor die Anzeigetafel und wartete. Aus lauter Langeweile überflog ich die Liste der Nominierungen für die große Regatta in zehn Tagen, die seit Wochen aushing. Jedes Jahr stand mein Name an oberster Stelle, schließlich hatte ich sie in den letzten Jahren gewonnen.

Doch dann stutzte ich. Was war mit der Liste passiert? Bis vor zwei Tagen hatte mein Name noch oben gestanden. Dies hier war eine andere Liste. Das Datum war von heute. Ganz oben stand nun Sabines Name. Und meiner? Name für Name ging ich sie durch, von oben nach unten, von unten nach oben. Alle anderen aus unserem Team waren aufgeführt, nur mein Name fehlte. Ein Irrtum? Es konnte nur ein Irrtum sein, und doch stieg aus meinem Bauch das inzwischen vertraute Gefühl von Übelkeit auf.

»Es tut mir so leid für dich, Lilly«, hörte ich plötzlich die Stimme unseres Trainers hinter mir.

Erschrocken drehte ich mich um und sah in Finns verlegenes Gesicht. »Ich wollte es dir eigentlich persönlich sagen, aber ich habe dich nicht gesehen. Du hast bestimmt nicht ernsthaft damit gerechnet, dass du mitmachen kannst, oder?«

»Aber wieso denn? Ihr wisst doch, dass ich die Regatta wieder gewinnen kann.«

»Ja, das stimmt. Du bist das größte Talent, das wir zurzeit haben. Aber unser Verein steht auch für ein gewisses Niveau, was das Verhalten angeht. Wir haben uns das nicht leicht gemacht. Aber wir müssen ein Zeichen setzen. Diebe, Sextäter und andere Verbrecher gehören nun mal nicht in unseren Verein.«

»Und ich? Ich bin ein Sextäter?«

»Na ja, nicht direkt, aber es geht in die Richtung. Darum war es ja auch so schwierig. Und darum schließen wir dich auch nicht aus dem Verein aus, sondern nur von der Regatta. Du weißt, dass die Zeitungen immer groß darüber berichten. Wir sind ein Sportverein und wollen keine Schlagzeilen womöglich mit Nacktfoto von dir in der Bildzeitung. Das fällt auf uns alle zurück. Tut mir leid, Lilly. Vielleicht im nächsten Jahr, wenn Gras darüber gewachsen ist.«

Ich sah ihm an, dass er das ehrlich bedauerte. Aber wohl nur, weil er sich selber bemitleidete. Wenn ich für unseren Verein wieder den Sieg nach Hause holen würde, wäre das auch für ihn als Trainer ein Erfolg.

»Aber ich war es doch nicht!«, wollte ich sagen. Aber ich schwieg. Er würde mir nicht glauben, wie alle anderen auch nicht. Solange der Täter nicht gefunden wurde, blieb es an mir hängen. Und wenn er gefunden würde? Wie viele Menschen hatten sich meine Fotos schon runtergeladen? Wie viele Männer hatten davor gesessen und davon geträumt, mit mir ins Bett zu gehen? Ich fühlte mich schon bei dem Gedanken beschmutzt.

Und selbst wenn der Täter vorher noch gefunden würde, für die Reporter war es doch egal, ob ich es war oder nicht. Meine Geschichte zusammen mit einem Regattasieg wäre so oder so eine Riesenschlagzeile. Ich konnte irgendwie verstehen, dass die Vereinsmitglieder das nicht wollten.

»Und das Trainingslager?«

Er schüttelte den Kopf. »Keine Chance, Lilly. Wir wollen friedliche Wochen mit Segeln, Sonnenuntergang und Lagerfeuer. Da bringst du mit deiner Sexgeschichte nur Unruhe rein. Die Betreuer haben sich geweigert, dich mitzunehmen ... Das Boot kannst du noch zwei Tage fahren, bis wir ins Trainingslager aufbrechen. Dann musst du es abgeben.«

»Zwei Tage? Aber ...« Daran hatte ich noch gar nicht gedacht. Das Boot bekam immer der- oder diejenige für ein Jahr zur freien Verfügung gestellt, wer den besten Platz für den Verein herausgeholt hatte. Mir war nie in den Sinn gekommen, dass ich es abgeben müsste, weil ich sicher war, zumindest einen Platz unter den ersten drei zu machen. Und damit war ich auch in diesem Jahr konkurrenzlos in meiner Altersgruppe.

»Der Vorstand wollte, dass du es sofort abgeben musst. Es war gar nicht so einfach, die zwei Tage für dich noch rauszuschlagen. Ich weiß doch, wie wichtig dir das Boot ist. Aber mehr war nicht drin.«

Der Vorstand bestand aus Bruno, Mathilde und Wolfram, alles gute Freunde meiner Eltern, die mich seit zehn Jahren kannten und zu denen ich »du« sagte. Jetzt machten sie sich nicht einmal die Mühe, mir ihren Entschluss persönlich mitzuteilen, sondern schickten den Trainer.

Wie betäubt sah ich Finn nach, als er sich ohne großen Abschied davonmachte.

Nur noch zwei Tage! Dann war es vorbei mit den Ausflügen in die Freiheit. Dann gab es wirklich keinen Ort mehr, an dem ich sicher war vor den Blicken der anderen.

Sechzehn

In den verbleibenden Tagen brachte ich jede freie Minute auf »meinem« Boot zu. Aber es hatte sich nun auch hier etwas verändert. Ich fühlte mich nach wie vor frei, sobald ich den Bootssteg hinter mir gelassen hatte und mit dem Wind davonsegelte. Und doch war es nicht mehr die grenzenlose Freiheit, es war eine Freiheit, die durch die Zeit begrenzt wurde. Zwei Tage und das war es dann.

Die Angst vor den nächsten Wochen und Monaten, die ich sonst am Steg zurückgelassen hatte, hatte sich heimlich an Bord geschmuggelt und ließ mich nun gar nicht mehr los. Das Seil um meinen Hals zog sich mehr und mehr zu. Nur auf meinem Boot bekam ich noch ausreichend Luft zum Atmen.

Am Ende des zweiten Tages machte ich mein Boot zum letzten Mal am Steg fest und räumte meine Sachen aus.

Der Bootswart hatte schon auf mich gewartet.

»Du warst wieder alleine draußen, Lilly!«, schimpfte er. »Du weißt, das ist verboten! Aber was kann man von dir schon erwarten. Ich bin nur froh, dass du wenigstens nicht nackt segelst.« Dabei grinste er mich auf eine Weise an, dass mir übel wurde.

Er stand neben mir und beaufsichtigte mich, während ich das Boot von innen mit einem Lappen säuberte. Ich spürte seine Blicke überall auf meiner Haut. Zum Glück waren wir nicht alleine am Steg. Die anderen Segler beachteten mich zwar nicht, aber sie waren zumindest da.

Zwei Stunden lang ließ er mich putzen, fand immer neue Stellen, die angeblich noch dreckig waren. »Du willst doch sicher das Boot sauber an deinen Nachfolger übergeben!«, sagte er dann und zeigte auf den nächsten Fleck.

Ich konnte nichts dagegen machen. So stand es in der Satzung. Wer das Boot ein Jahr fahren durfte, musste es vor der Regatta sauber beim Bootswart wieder abgeben. In den Jahren zuvor hatte es nur niemanden interessiert, ob jeder Fleck weggeputzt war. Jeder ging davon aus, dass ich es ja doch wiederbekam.

Endlich war er zufrieden und ich war froh, dass ich gehen konnte.

Vor unserer Haustür traf ich auf Tessas Mutter, die gerade die Post hineinbringen wollte.

Sie begrüßte mich freundlich und fragte dann: »Hast du schon gepackt? Brauchst du Hilfe?«

»Danke, das schaffe ich schon.«

»Ich hole dich dann morgen um 8:00 Uhr ab. Leider kann ich nicht warten, bis ihr abfahrt. Ich habe einen Arzttermin.«

»Kein Problem!« Gut, dass sie nicht wusste, wie froh ich darüber war. Sie durfte auf keinen Fall mitbekommen, dass ich nicht mitfuhr. Meine Eltern, die ohnehin schon ein schlechtes Gewissen hatten, dass sie mich zwei Tage alleine ließen, würden sofort den Rückflug buchen. Das wollte ich auf gar keinen Fall. Sie wurden auf Kreta mehr gebraucht.

»Wenn du möchtest, kannst du zum Abendessen kommen«, sagte Tessas Mutter noch.

»Danke! Ich habe schon gegessen«, log ich und war froh, als sie schnell davonging. Sie gehörte zu den Leuten, die nicht sagten, was sie wirklich über mich dachten. Vielleicht war ich inzwischen aber auch zu misstrauisch geworden, weil ich nicht mehr glauben konnte, dass jemand die ganze Geschichte kannte und trotzdem nett zu mir war.

In der Post fand ich einen Brief vom Anwalt meiner Eltern. Ich öffnete ihn. Die Polizeiuntersuchung hatte bestätigt, dass die Ursprungsfotos von meinem Handy an Peer gesendet worden waren. Dass Peer sie dann offenbar gleich mehrfach weitergeschickt hatte, spielte kaum eine Rolle. Voraussichtlich würde es daher auch keine Bestrafung für Peer und die anderen Jugendlichen geben, die diese von mir selbst öffentlich gemachten Fotos an Freunde weitergeleitet hatten.

Und das war das Ende. Jetzt stand ich auch noch ganz offiziell als Lügnerin da. Wer auch immer es getan hatte, konnte sich freuen. Er würde ungestraft davonkommen. Alle anderen waren ganz umsonst durch die Verhöre gegangen. Ich konnte mir vorstellen, wie sauer sie sein würden, was ein Blick auf die Nachrichten in meinem Handy bestätigte. Das, was ich bislang zu hören bekommen hatte, waren Komplimente im Vergleich zu dem, was nun bei mir auflief.

Nur Jannis schwieg weiter.

Ich stellte mein Handy ab.

Würde das jemals aufhören?

Und wenn nicht, könnte ich mich daran gewöhnen?

So tun, als wäre nichts?

Ohren und Augen zu und durch?

Ich wusste es nicht.

Zunächst aber brauchte ich einen Plan für die nächsten zwei Wochen. Hier zu Hause konnte ich nicht bleiben. Wenn Tessas Mutter mich entdeckte, würde sie sofort meine Eltern informieren, dass ich nicht ins Camp gefahren war. Während ich mir eine Pizza in den Backofen schob, dachte ich angestrengt nach. Die kleine Bucht wäre perfekt, aber nur bei Sonnenschein und nachts so ganz alleine wäre es mir auch zu unheimlich.

Und dann fiel mir die Turnhalle ein. Tagsüber, und wenn es nachts trocken war, konnte ich auf dem Dach bleiben. Wenn es regnete, konnte ich nach unten gehen und auf den

Turnmatten schlafen. Duschen gab es dort auch und Steckdosen, um mein Handy und das iPad aufzuladen. Es war das perfekte Versteck. Der Hausmeister hatte Urlaub, das wusste ich von meinem Vater.

Also packte ich meinen Koffer. Hosen, T-Shirts, Unterwäsche, Zahnbürste, Handtuch, Badesachen. Im Notfall konnte ich mich nachts ins Haus schleichen und Nachschub holen. Dann lud ich auf meinen E-Book-Reader über das Konto meiner Mutter alle Bücher, die ich schon immer mal lesen wollte, herunter und packte ihn ein. In meine Reisetasche kam mein Schlafsack. So fertig.

Der Schlüssel zur Turnhalle befand sich wie immer im Seitenfach der Aktentasche meines Vaters. Ich steckte ihn ein.

Durch die offene Terrassentür hörte ich Tessas Stimme. Leise schlich ich mich nach draußen. Auf der Terrasse nebenan saßen Sam und Tessa.

»Schade, dass wir heute nicht bei euch am Pool sein können!«, sagte Tessa mit einer zuckersüßen Stimme, die ich sonst gar nicht an ihr kannte. Es tat weh, als ich erkennen musste, dass sie mich gegen Sam eingetauscht hatte, weil sie den Luxus schätzte, den Sam ihr bieten konnte. Schließlich war es Tessa gewesen, die unbedingt auf Sams Party wollte, obwohl sie eigentlich nicht eingeladen war und nur als meine Begleitung mitkam.

Aber vielleicht tat ich ihr auch Unrecht. Sie hatte es einfach nicht mehr ausgehalten, meinetwegen von allen mit Dreck beworfen zu werden. Während ich in den letzten zwei Schulwochen mit meinem Boot auf dem See herumfuhr, bekam sie als meine Freundin die mir zugedachten Beleidigungen ab.

»Nichts zu machen«, meinte Sam. »Sonst ist das kein Problem, aber wenn Jen ihre Geburtstags-Poolparty schmeißt, dürfen nur Kids ab 18 dabei sein. Meine Mutter will nicht, dass meine Freunde Alkohol trinken.« Sam musste lachen. »Wenn die wüsste.«

Auch Tessa lachte, ein hohes, spitzes Lachen, das ich nicht kannte und auch nicht mochte.

Zwischen mir und Tessa standen nur ein paar Büsche und doch waren sie inzwischen undurchdringlicher als eine Mauer mit Stacheldraht.

»Die Polizei hat die Ermittlungen eingestellt«, sagte Sam auf einmal.

»Und wer war's?«

»Lilly – sagt die Polizei.«

»Das glaube ich nicht. Sie war total entsetzt.« Ich war Tessa dankbar, dass sie immerhin noch an meine Unschuld glaubte. »Kannst du dir das vorstellen?«

Nach einer kurzen Pause kam Sams Antwort: »Ich weiß nicht. Ich kenne sie nicht so gut … Aber irgendwie tut sie mir leid.«

Danke, Sam, für dein Mitleid, auch wenn es mir nicht weiterhalf. Aber es war wohl alles, was ich bekommen würde. Im besten Fall Mitleid, im schlimmsten Verachtung. Schuld daran hatte ich alleine. Wer auch immer es getan hatte, ich hatte ihm oder ihr in die Hände gespielt, als ich die Nacktfotos gemacht hatte.

Was mir dagegen half, war die halbvolle Flasche Whisky im Wohnzimmerschrank. Ich trank ein Glas und dann noch eins und schon bald schützte mich eine dicke Nebelwand in meinem Kopf vor dem Ekel, den ich auf einmal vor mir spürte.

Siebzehn

Am nächsten Morgen kam ich kaum aus dem Bett. Der Wecker klingelte um sieben. Ich frühstückte ausführlich und packte dann die Reste aus dem Kühlschrank und Getränke aus dem Keller zum Schlafsack in die Reisetasche. Pünktlich um acht klingelte Tessas Mutter.

»Den Hausschlüssel hast du hoffentlich hiergelassen. Sonst verlierst du ihn noch.«

»Er liegt auf der Kommode!«, log ich.

Sie setzte mich vor dem Vereinsgelände ab und wunderte sich, dass noch niemand von den anderen zu sehen war, auch wenn bereits einige Autos auf dem Parkplatz standen.

»Wir treffen uns im Vereinshaus!«, erklärte ich und war froh, als sie sich schnell verabschiedete.

»Viel Spaß, Lilly!«, sagte sie. »Und ruf an, wenn du zurück bist.«

Ich winkte ihr nach, bis sie um die Kurve verschwunden war.

Dann rollte ich meinen Koffer so schnell es ging zur Bushaltestelle. Bloß weg hier, bevor die anderen mich sehen konnten. Mit Koffer und Reisetasche erwischt zu werden und nicht mitfahren zu dürfen – das Schauspiel wollte ich niemandem geben.

Mit dem Bus fuhr ich zur Schule, der Schlüssel meines Vaters öffnete auch das Schultor. Wie still es war im Vergleich zum letzten Mal. Keiner, der mich anstarrte, keiner, der mich beschimpfte, keiner, der mich herumschubste.

Obwohl ich wusste, dass der Hausmeister nicht da sein konnte, beeilte ich mich, so schnell wie möglich, den Schulhof zu überqueren. Hinter dem Gebäude gab es eine Seitentür, die über eine Treppe aufs Flachdach führte. Sie war von der Hausmeisterwohnung, die im Gebäude gegenüber lag, nicht einzusehen. Ich kannte mich hier aus. Schließlich war ich auf diesem Weg öfter mit Jannis nach oben geschlichen. Erst als ich die Tür zur Turnhalle hinter mir wieder abgeschlossen hatte, fühlte ich mich sicher.

Meinen Koffer ließ ich im Geräteraum zwischen den Barren. Dann schleppte ich eine Turnmatte die schmale Treppe nach oben auf das Flachdach, legte sie an die Stelle, wo ich immer mit Jannis gelegen hatte.

Von unten konnte man das nicht sehen. Das hatten wir ausprobiert. Nur aus den Fenstern ab dem 4. Stock des Hauptgebäudes war es möglich, auf das Flachdach der Turnhalle zu sehen. Aber in den Ferien ging die Wahrscheinlichkeit, dass dort jemand aus dem Fenster schauen würde, eher gegen null.

Außerdem hatte ich nicht vor, den ganzen Tag hier oben zu verbringen. Ich packte die Brötchen, Getränke, mein Badezeug und mein iPad in meinen Rucksack und machte mich auf den Weg nach unten. Mein Ziel war die kleine Bucht, in der ich tagsüber meine Zeit verbringen wollte.

Da mich alle auf dem Lehrgang vermuteten, konnte ich machen, was ich wollte. Meinen Eltern schickte ich eine Nachricht über WhatsApp, ihre Aufforderung ein Foto vom Trainingslager zu schicken, ignorierte ich.

Am Abend schlich ich mich zum Haus, um neue Vorräte zu holen. Dabei wäre ich beinahe Tessa in die Arme gelaufen, die den Müll rausbrachte. Ich konnte mich gerade noch hinter einem Busch verstecken.

Tessas Mutter hatte einen Schlüssel zu unserer Wohnung, um die Post aus dem Fach zu nehmen und die Blumen zu gießen, aber sie würde wohl kaum die Vorräte kontrollieren.

Ich ärgerte mich über sie, dass sie den Kühlschrank ausgeräumt hatte. Das war gut gemeint, Milch und Joghurt wären bis zu meiner offiziellen Rückkehr sicher ungenießbar geworden, ich hätte sie nun aber gut gebrauchen können. Ich musste sparsam sein. Da meine Eltern ja nicht damit rechnen konnten, dass ich zu Hause bleiben würde, hatten sie mir nicht viel Geld dagelassen. So hatte ich noch mein Taschengeld, aber das war inzwischen nicht mehr viel.

Getränke gab es genügend im Keller, dort fand ich auch unser Campinggeschirr. Von oben nahm ich Teebeutel, den Heißwasserkocher und das Fernrohr meines Vaters mit.

Leise schlich ich im Dunkeln durch unser Haus und kam mir vor wie ein Einbrecher.

Ich hatte Hunger und überlegte, ob ich mir nicht eine Pizza machen konnte, ohne dass Tessas Mutter durch Geräusche angelockt wurde. Auf dem Weg zur Kühltruhe stieß ich einen Stuhl um, der mit großem Gepolter zu Boden krachte. Ich hielt den Atem an.

Glück gehabt.

Pizzabacken war mir dann aber doch zu gefährlich. Ich packte stattdessen eine Dose Würstchen und eine Packung Knäckebrot ein und verließ leise das Haus.

Die Würstchen machte ich mit heißem Wasser aus meinem Kocher warm, dazu gab es Knäckebrot mit Pfefferminztee.

Ich lag unter dem Sternenhimmel in meinem Schlafsack und schaute »The Big Bang Theory«, meine Lieblingsserie, die ich komplett auf mein iPad heruntergeladen hatte.

Tagelang lebte ich so wie in einem Paralleluniversum, ohne dass es jemanden interessierte. Eine Tarnkappe besaß ich zwar immer noch nicht, aber es fühlte sich so an. Das Leben der anderen lief an mir vorbei, ohne dass es zwischen ihnen und mir irgendwelche Berührungspunkte gab.

Es machte keinen Unterschied für niemanden, ob es mich gab oder nicht. Es war ein bisschen unheimlich, aber vor allem war es … friedlich. Ich fühlte mich auf eine merkwürdige Weise frei.

Achtzehn

Als ich eines Morgens wieder in meiner kleinen Bucht saß und mit dem Fernrohr die Boote auf dem Wasser beobachtete, Boote, in denen glücklich lachende Menschen saßen, hatte ich auf einmal eine Idee. Unser Bootssteg am gegenüberliegenden Ufer war menschenleer. Auch der Bootswart war nicht zu sehen, er hatte Mittagspause.

Ich machte mich also auf den Weg am Ufer entlang, schlich mich hinter dem Bootshaus zum kleinen Steg, wo »mein« Boot genauso lag, wie ich es verlassen hatte. Niemand brauchte es in diesen Tagen. Es war reine Schikane, dass man es mir weggenommen hatte. Und darum würde es niemandem auffallen, wenn ich es auslieh.

Ich löste das Seil, mit dem es am Steg befestigt war, und fuhr los. Der Wind blähte das Segel auf, ich ließ das Ufer, die Menschen und meine Probleme hinter mir.

Ich war glücklich.

Abends brachte ich das Boot genauso unbemerkt wieder zurück. Fast eine Woche lang ging das gut. Dann erwischte mich ausgerechnet der Bootswart. Ich war schon mit meinem Boot auf dem Wasser, als ich mich umdrehte und ihn am Steg sah, wild mit den Armen in der Luft wedelnd. Ich war schon zu weit entfernt, als dass mich seine Worte noch erreicht hätten.

Es war mir egal. Er konnte mich nicht zurückholen. Dieser Tag gehörte mir. Aus der kleinen Bucht holte ich meine Sachen und segelte davon.

Aber auch dieser Tag ging vorbei, es wurde dunkel und ich wusste nicht, wie ich das Boot unbemerkt zurückbringen sollte. Ich wollte auf gar keinen Fall dem Bootswart in die Arme laufen.

Aber wo sollte ich es sicher befestigen? Da fiel mir nur eine Lösung ein.

Der Steg bei Jannis' Haus.

Der Steg lag im Dunkeln, als ich mich näherte. Ich machte das Boot fest und schlich mich davon. Vielleicht hatte ich Glück und niemand bemerkte es. Dann konnte ich einen weiteren Tag auf dem See verbringen.

Und so war es auch. Als ich am Morgen zurückkam, lag mein Boot unberührt so, wie ich es verlassen hatte. Ich segelte den ganzen Tag glücklich umher, verscheuchte immer wieder erfolgreich den Gedanken, dass es ein gestohlenes Glück war und man mich früher oder später finden würde.

Gegen Abend, als ich gemütlich mit eingezogenen Segeln vor meiner kleinen Bucht dahindümpelte, legte ein Boot neben mir an. An Bord unser Bootswart und Bruno, der auch jetzt nicht als Freund meines Vaters auftrat, sondern als wütendes Vorstandsmitglied.

Er kam zu mir an Bord und übernahm die Segel. Auf direktem Weg ging es zum Vereinsgelände zurück. Dort bekam ich die erwartete Standpauke über mein unmögliches Verhalten, über Regeln, die man einhalten müsse. »Du lässt uns keine andere Wahl, Lilly. Wir werden dich aus dem Verein ausschließen. Das war das letzte Mal, dass du dieses Gelände betreten hast. Du hast Hausverbot.«

Der Bootswart grinste mich an.

Ich nahm meinen Rucksack und ging. Ich hatte nichts anderes erwartet. Ich wusste in dem Moment, als der Bootswart mich erwischt hatte, dass sie mich ausschließen würden. Ich hatte zwei wunderbare Tage gegen ein Hausverbot eingetauscht.

War es das wert gewesen?

Ja! Denn ob ich jemals wieder hätte segeln dürfen, war auch vorher schon eher unwahrscheinlich gewesen.

Am nächsten Morgen musste ich einkaufen gehen; ich hatte alle Vorräte aus dem Keller, die man, ohne Herd oder Backofen zu benutzen, essen konnte, aufgebraucht. Viel war ohnehin nicht da gewesen, weil meine Mutter vor ihrem Urlaub nicht mehr eingekauft hatte.

In den Supermarkt traute ich mich nicht. In den Ferien jobbten dort immer eine ganze Reihe Schüler aus unserer Schule. Ich sah mich schon mit faulen Tomaten oder Eiern bekleckert vor den Regalen liegen.

Auf dem kleinen Wochenmarkt am Dorfbrunnen kannten sie sicher auch meine Geschichte, aber sie kannten auch die Lilly von früher. Ich hoffte zumindest, dass sie sich daran erinnern würden. Laut beschimpfen würde man mich sicher nicht, eher leise über mich lästern.

Einen weiteren Vorteil hatte der Marktplatz: Ich war dort nicht die einzige Außenseiterin.

An jedem Markttag saß Horst in seinen abgeschabten Jeans und seinem weißen Hemd mit Fliege am Brunnen und spielte entweder auf seiner Mundharmonika oder er trank Wodka. Nicht aus der Flasche, nein, er hatte immer ein kleines Glas dabei, in das er sich den Wodka eingoss, um es dann mit einem Zug zu leeren. Neben ihm lag sein Hund, ein schwarzer Labrador, der eigentlich immer schlief.

Meine Mutter meinte, dass Horst bestimmt mal ein vornehmer Herr gewesen sei, der einfach nur Pech gehabt hatte und so die soziale Leiter hinabgerutscht war.

Niemand wusste, woher er gekommen war. Vor zwei Jahren war er auf einmal aufgetaucht. Auch seinen richtigen Namen kannte niemand. »Du kannst mich Horst nennen«, erklärte er jedem, der ihn fragte.

Seitdem saß er am Brunnen und gehörte für mich und die meisten anderen hier zum Markttag dazu, so wie Maria, die Obstbäuerin und Manfred, der Kräuter aus seinem Garten und selbst eingelegte Gewürzgurken verkaufte.

Wo er die übrigen Tage verbrachte, wusste ich nicht. Sicherlich irgendwo im Dorf oder in einer der Scheunen mit Heu. Er störte ja niemanden. Auch zu den Dorffesten kam er und spielte.

Wenn man ihm ein paar Cents hinwarf, steckte er sie etwas verlegen ein, bedankte sich aber nie dafür. Er hatte auch keinen Hut oder eine Schachtel aufgestellt. Offenbar saß er nicht da, um zu betteln.

Ich ging an diesem Tag bewusst spät los und kam am Brunnen an, als die ersten Markthändler bereits ihre Stände wieder abbauten. Horst saß wie immer am Brunnen und spielte auf seiner Mundharmonika.

Außer mir waren keine anderen Käufer mehr da. Ich kaufte Brötchen, Aufschnitt, ein wenig Gemüse und Obst. Am Würstchenstand, der direkt neben dem Brunnen lag, wollte ich mir zum Mittagessen eine Bratwurst mit Pommes kaufen. Aber es fehlten mir zwei Euro. Ich suchte in meinen Hosentaschen, fand aber nichts.

Ich nahm dann nur die Pommes. »Scheiße!«

»Soll ich dir was leihen? Dann kannste ja von zu Hause was holen. Ich bin noch eine Weile hier!« Horst hatte aufgehört zu spielen und hielt mir ein Zwei-Eurostück hin.

Ich schüttelte den Kopf. »Da ist auch kein Geld mehr.«

»Was ist los mit dir? Pleite gemacht?«

Ich nickte und da er der Einzige war, mit dem ich meine Lage besprechen konnte, setzte ich mich auf den Boden neben ihn.

»Kenn ich. Ist ein Scheißgefühl. An einem Tag bist du noch ganz oben, fühlst dich wie King Sorgenfrei und am nächsten Tag … Sieh mich an. Absturz in die Gosse.« Er hatte wohl schon einiges getrunken, aber das war mir egal.

Ich hielt ihm meine Pommes hin und er gab mir seine Flasche Wodka.

»Warte!« Aus seinem Rucksack zog er ein weiteres Glas. »Aber Vorsicht! Es hat einen Sprung an der Seite.«

Ich goss mir ein Glas ein und leerte es auf ex. Bevor ich mir das nächste eingießen konnte, nahm Horst mir die Flasche weg. »Hey, hey! Nicht so schnell.«

Da ich morgens nichts gegessen hatte, reichte schon das eine Glas, um die Nebelwand wieder aufziehen zu lassen.

»Und nun erzähl mal!«

Er war offenbar der Einzige weit und breit, der nicht wusste, wer ich war. Und er war der Einzige, dem ich freiwillig die ganze Geschichte erzählte.

Er pfiff leise. »Das hast du ja sauber hingekriegt. Nacktfotos. Du meine Güte!«

»›Tittenlilly‹, nennen sie mich.«

Horst goss mir ein weiteres Glas ein. »Prost!«, sagte er. »Manchmal muss man die Probleme ertränken.«

»Und warum sitzt du hier?«

»Ich hatte einen todsicheren Tipp von einem Kumpel. Pferderennen. Und dann ist das Pferd gestürzt und aus der Traum. Ich habe alles verloren. Erst das Geld, dann mein Haus und dann meine Frau. Alles futsch. Pleite-Horst nennen sie mich – da, wo ich herkomme.

»Was ist das schon gegen Tittenlilly!«

Er nahm einen großen Schluck und hielt mir seine Flasche wieder hin. »Auf uns!« Wir prosteten uns zu.

»Wo sind deine Eltern?«

»Auf Kreta. Die müssen sich um meine kranke Tante kümmern.«

»Und wer kümmert sich um dich?«

»Das ist eine lange Geschichte. Ich bin froh, dass sie weg sind.«

Und da saß ich nun neben Horst, der mir zuhörte und mit mir seine Flasche Wodka teilte. Und mir glaubte. Der einzige Mensch auf der ganzen Welt, der mir noch ohne Wenn und Aber glaubte, dass ich nicht so verrückt war, meine Nacktfotos an die ganze Welt zu schicken, war ausgerechnet ein obdachloser alter Mann.

Horst zeigte auf die Figur auf dem Brunnen neben uns. Es war ein kleiner Junge, der in das Brunnenbecken pinkelte, eine Nachbildung des berühmten Manneken Pis in Brüssel.

»Die sollen sich alle nicht so anstellen«, meinte Horst. »Das Original wurde vor fast 500 Jahren geschaffen. Anfangs haben sich alle aufgeregt. Heute kommen Touristen aus der ganzen Welt nach Brüssel, um sich einen pinkelnden Jungen aus Bronze anzusehen. Was glaubst du, wo überall Fotos von ihm sind. Keinen regt das mehr auf.«

»Super! Das hilft mir jetzt aber! Erstens ist der aus Bronze und zweitens soll ich 500 Jahre warten, bis sich keiner mehr aufregt?«

Der alte Mann kicherte. »Hast ja recht. Aber vielleicht in einem Jahr!«

»Ich weiß nicht, ob ich ein Jahr warten kann. Wie lange wartest du denn schon, dass alles wieder gut wird?«

Er schwieg und nahm einen großen Schluck aus der Flasche. Tränen liefen ihm übers Gesicht. »Fünf Jahre!«, sagte er leise. »Ich glaube auch nicht, dass sich noch was ändert. Ich bin siebzig. Einen Job bekomme ich nicht mehr und meine Frau hat einen Neuen.«

»Wo lebst du?«

»Ein Freund von früher hat mir sein Gartenhaus zur Verfügung gestellt. Zum Schlafen für die Nacht. Aber tagsüber, wenn die anderen Schrebergärtner kommen, darf ich mich da nicht sehen lassen. Die wollen ihren Garten genießen. Ich schleiche mich dann nachts, wenn sie weg sind, ins Haus. Jetzt will seine Tochter den Garten für sich und die Enkel.«

Wir saßen schweigend da, tranken und irgendwann schlief ich ein. Als ich viele Stunden später wieder aufwachte, war Horst weg. Er hatte mich mit seiner Decke zugedeckt und war gegangen. Erschrocken suchte ich in meiner Jacke nach dem Turnhallenschlüssel und schämte mich, als ich ihn fand. So einer war er nicht.

Auch den nächsten Tag verbrachte ich mit ihm, weil ich nicht wusste, wohin, und außerdem hatte er eine neue Flasche Wodka dabei.

»Du solltest in deinem Alter noch nicht so viel trinken. Du bist jung und alles wird wieder gut. Aber nicht, wenn du so weitermachst. Sieh mich an. Man könnte mir nun alle Chancen der Welt anbieten, ich könnte nichts mehr daraus machen. Ich habe den richtigen Zeitpunkt verpasst.«

Er wusste immer noch nicht, wo er bleiben sollte. Er schlief auf einer Bank am See. Das war okay, solange es warm war und nicht regnete.

Also nahm ich ihn mit zur Turnhalle. Den Schlüssel versteckte ich unter einem Stein in der Nähe der Tür. So konnten wir unabhängig voneinander kommen und gehen. Dann schleppten wir gemeinsam eine weitere Turnmatte nach oben.

Horst gefiel es hier oben. Und mir gefiel es, dass ich nicht mehr alleine war. Ich war in den letzten Wochen zu viel alleine mit mir, meinen Gedanken und meiner Traurigkeit gewesen. Solange der Wind auf dem Wasser mir die trüben Gedanken Traurigkeit aus dem Kopf wehte, war es zu ertragen gewesen. Aber jetzt, ohne mein Boot, wurde es von Tag zu Tag schwerer.

Auf der anderen Seite der Turnhalle lag zwischen Schule

und Neubaugebiet das neue Einkaufszentrum, in dem auch das DJ Five, die Dorfdisco, untergebracht war. Nur Freitag- und Samstagabend war sie geöffnet. Ich war ein paarmal mit Jannis dort gewesen, es war die einzige Disco weit und breit.

Offiziell durfte ich noch nicht hinein. Aber Jannis kannte den Türsteher und der drückte ein Auge zu, zeigte mir aber vorsichtshalber die Hintertür, durch die ich verschwinden musste, wenn eine Polizeikontrolle kam. Das aber war noch nie vorgekommen.

Meist waren Jannis und ich schon nach kurzer Zeit verschwunden, hatten uns nach hier oben verzogen, wo wir ungestört von den anderen waren.

Nun saß ich also mit Horst hier und schaute auf den Parkplatz hinunter. Ich konnte Jenifer erkennen, einige andere aus der Schule. Sam und Tessa waren da, sicherlich mit gefälschten Ausweisen. Den ganzen Abend schaute ich immer wieder nach unten. Aber Jannis sah ich nicht.

»Suchst du deinen Freund? Jannis oder wie er heißt?«, wollte Horst wissen.

Ich nickte. »Ich muss immerzu an ihn denken. Aber wahrscheinlich hat er mich schon vergessen.«

»Vielleicht, vielleicht aber auch nicht. Manchmal stirbt die Liebe, wenn der Partner in der Scheiße sitzt. Dann war sie aber auch nicht echt. Oder aber … denk mal an deine Tessa. Die ist einfach nur überfordert mit der Situation.« Horst nahm einen großen Schluck und hielt mir die Wodkaflasche hin. »Wenn du wissen willst, ob er dich noch liebt, dann geh hin und frage ihn. Oder spül den Kerl runter und vergiss ihn.«

An die nächsten zwei Tage mit Horst erinnere ich mich kaum noch. Sie sind versunken im Wodkanebel. Und von mir aus hätte sich der Nebel nie mehr verziehen müssen.

»So könnte es immer weitergehen!«, sagte ich darum auch zu Horst, der mich erschrocken anschaute.

»Das ist nicht dein Ernst, Lilly! Du hast doch dein Leben noch vor dir. Mensch in einem Jahr lachst du darüber. Es ist doch nur eine Krise, kein Weltuntergang.«

»Fühlt sich aber genauso an. Und bei dir?«

»Ich war 65, als es passierte. Und dann bin ich abgesackt, habe mich hängen lassen …«

»Und deine Frau?«

»Sie hat sich bemüht, aber irgendwann aufgegeben. Und als ich dann so weit war, dass ich neu anfangen wollte, da hatte ich sie verloren.«

»Bleibst du für immer hier?«

Er schüttelte den Kopf. »Ich bin nirgendwo zu Hause. Darum kann ich gehen, wann und wohin ich will.«

»Nimmst du mich mit?«

Er schüttelte heftig den Kopf. »Auf gar keinen Fall. Dein Zuhause ist hier, Lilly. Es wird vorbeigehen. Du wirst sehen. In ein, zwei Jahren spricht niemand mehr davon.«

Ja, da hatte er vielleicht sogar recht. Die Frage war nur, ob ich das so lange aushielt. »Wie lange warst du noch in deiner Stadt, nachdem es passiert war?«

»Ich bin in den nächsten Zug und weg war ich. Ich bin nie zurückgekommen und werde das auch nie tun. Vorbei ist vorbei …« Er schwieg lange, während ihm die Tränen die Wangen herunterliefen. Ich nahm ihn in den Arm und so saßen wir lange da.

Vorbei ist vorbei. Das sah ich genauso.

Irgendwann sind wir eingeschlafen.

Neunzehn

Am Nachmittag vor der Regatta packte ich meine Sachen. An diesem Tag würde ich offiziell vom Trainingslager zurückkommen. Also musste ich mit meinem Koffer wieder zu Hause auftauchen. Meinen Schlafsack ließ ich auf dem Dach und auch das Campinggeschirr.

»Ich bin morgen früh mit frischen Brötchen wieder da!«, versprach ich Horst, der mir etwas traurig nachwinkte.

Ich rollte meinen Koffer durch die Straßen bis nach Hause. Dann klingelte ich bei Tessas Mutter.

»Lilly! Was machst du schon hier! Ich wollte dich doch abholen.«

»Merles Vater hat mich vorbeigebracht«, log ich.

»Wie war es denn? War es schön? Ich habe dir was gekocht. Leider sind wir eingeladen heute Abend. Und Tessa ist auch nicht da. Aber vielleicht bist du ja ganz froh, wieder mal alleine zu sein.«

Ich nickte. »Danke fürs Essen.«

Ich aß ihre Spaghetti und setzte mich vor den Fernseher. Am besten gefiel es mir, wieder in meinem Bett zu schlafen. Trotzdem war ich sehr früh am nächsten Morgen wach. Es war der Tag der Regatta, seit Jahren ein Höhepunkt in meinem Leben. Auch meine Eltern fieberten jedes Jahr diesem Tag entgegen und hofften, dass ich in meiner Altersklasse wieder als Sieger durchs Ziel ging. Wir zogen immer schon am frühen Morgen mit gepacktem Picknickkorb los. Die ersten Rennen fanden ab 10:00 Uhr statt, aber man musste früh da sein, sonst waren die besten Plätze zum Zuschauen besetzt.

Das ganze Dorf nahm Anteil, es war abgesehen vom Schützenfest im Mai das größte Dorffest des Jahres. Das Ufer des Sees war besetzt mit Zuschauern, die vor allem den Seglern unseres Vereins zujubelten. Aber auch viele Zuschauer von anderen Vereinen waren da, um ihre Segler anzufeuern. Auf das Vereinsgelände konnten an diesem Tag nur die an der Regatta teilnehmenden Segler.

In diesem Jahr war alles anders. Meine Eltern versäumten zum ersten Mal eine Regatta, weil mein Vater nur die ersten zwei Wochen verreisen konnte. Danach kamen die Handwerker in die Schule und da musste er anwesend sein. Ich hätte den Tag der Regatta am liebsten verschlafen. Stattdessen war ich bereits um 6:00 Uhr wach, als mit lautem Piepen eine WhatsApp-Nachricht meiner Eltern eintrudelte: »Viel Glück, Lilly! Du schaffst es! Keiner kann besser segeln als du!! LG M+P«

Ich hätte zumindest sehr gute Chancen auf den Sieg gehabt, wenn ich hätte antreten dürfen. Horst meinte, es sei nur eine Frage der Zeit, bis man sich daran gewöhnt hat, dass alles, was einem früher wichtig war, nur noch als »hätte«, »könnte« und »wäre« zu haben war. An die Stelle würden andere wichtige Dinge treten. »Vielleicht solltest du dir einen Hund zulegen. Mein Hund hat mich noch nie enttäuscht.«

Vielleicht sollte ich das wirklich. Aber konnte ein Hund Jannis ersetzen?

Ich packte Nutella, eine Kanne Tee und die Whisky-Flasche, die mein Vater zum letzten Geburtstag von seinen Kollegen bekommen hatte, ein. Frische Brötchen holte ich beim Bäcker.

Dann machte ich mich auf den Weg zur Turnhalle. Der Schlüssel lag wie abgesprochen wieder unter dem Stein. Auf Horst war Verlass. Das beruhigte mich jedes Mal aufs Neue, denn ich wusste, dass es einen Riesenärger geben würde, wenn herauskam, dass ich einen Obdachlosen in der Turnhalle einquartiert hatte.

Ich stieg die Treppen hoch und freute mich auf Horsts Gesicht. Er liebte Nutellabrötchen.

Aber an diesem Tag lief mir kein Hund entgegen und es gab auch keine fröhliche »Guten Morgen!«-Begrüßung. Es war niemand da. Auch die Turnmatte und der Rucksack fehlten. Das war schon merkwürdig. Horst hasste es, in geschlossenen Räumen zu schlafen, und wäre nur bei Regen nach unten gegangen. Geregnet hatte es aber nicht. Ich suchte ihn im ganzen Gebäude, vergebens. Als ich dann noch die Turnmatte fand, die er wieder an den alten Platz gestellt hatte, wusste ich: Er war gegangen. Ohne ein Wort des Abschieds. Er hasste Abschiede, hatte er mir erzählt.

Mit meinem Picknickkorb in der Hand suchte ich im Dorf nach ihm: am Brunnen, hinter der Kirche, auf dem Friedhof. Er war wirklich gegangen. Spurlos verschwunden. So plötzlich wie er vor Jahren hier aufgetaucht war.

Auf dem Marktplatz waren die Stände für den Wochenmarkt aufgebaut. Ich setzte mich an seinen alten Platz vor dem Brunnen und wartete. Aber er kam nicht. Dafür trafen mich von allen Seiten die Blicke der Marktbesucher. Die meisten von ihnen kannten mich. Es wurde getuschelt, Köpfe wurden geschüttelt, Mienen verzogen sich bedenklich.

Ich hielt eine Weile durch, zwang mich, ihre Blicke freundlich zu erwidern. Schaut her, ich bin es nur. Ihr kennt mich doch. Und egal, was ihr über mich gehört habt, ich bin immer noch die, die ich immer war.

Aber irgendwann hielt ich es nicht mehr aus. Ich wollte aufstehen und gehen, aber dann hätte ich durch die Reihen hindurchgehen müssen und dazu reichte meine Kraft nicht. Aus dem Picknickkorb nahm ich die Whiskyflasche, öffnete sie und nahm einen großen Schluck. Dann noch einen, bis meine Angst hinter einem dichten Nebel verschwand.

Als ich die Flasche wieder einpacken wollte, stand auf einmal Jannis' Mutter vor mir.

»Lilly! Was machst du hier? Ich dachte, du bist bei der Regatta.«

»Darf nicht mitsegeln. Bin nicht sauber genug!«, lallte ich.

»Mein Gott! Kind. Du bist ja total besoffen. Komm erst mal mit zu uns.«

Sie zog mich hoch. Ein wenig schwankte ich. Mir war schwindelig. Aber schon nach wenigen Metern ging es besser. Ich riss mich los und rannte davon durch die Reihen des Marktes hindurch. Es war mir egal, was sie dachten und was sie mir nachriefen. Horst hatte recht: Wenn du oft genug in den Augen der Menschen siehst, wie sehr sie dich verachten, dann stört es dich irgendwann nicht mehr. Dann musst du dir Freunde suchen, denen es ähnlich geht und die nicht fragen, warum die Menschen dich verachten.

Ach, Horst! Wo bist du nur? Ich brauche dich!

Nun würde es auch nicht mehr lange dauern, bis meine Eltern hier auftauchten. So wie ich Jannis' Mutter kannte, telefonierte sie bereits mit ihnen und dann setzten sie sich in den nächsten Flieger.

Aber auch das war mir egal.

Ich lief am See entlang zur kleinen Bucht. Auch wenn Jannis nicht da war, hier wohnte in jedem Sandkorn die Erinnerung an ihn.

Die Sonne schien und ich setzte mich in den warmen Sand und beobachtete durch mein Fernrohr das gegenüberliegende Ufer.

Dort liefen die Vorbereitungen für die Segelregatta auf Hochtouren: Zuerst waren die Kinder dran, dann die Jugendlichen und danach die Erwachsenen. In meiner Altersklasse startete Sabine, die Schwester von Jannis' Freund

Kevin. Es war ihr Tag. Ohne mich würde sie zumindest Beste des Vereins werden können.

Dann kam der Startschuss und die weißen Segel setzten sich in Bewegung. Meine kleine Bucht lag zu weit weg, sodass ich zunächst keine Einzelheiten erkennen konnte. Ihr Weg führte aber kurz vor dem Wendepunkt an der Bucht vorbei, sodass ich sogar ihre Gesichter sehen konnte. Elsa vom Klub an der Müritz führte. Ich erkannte Sabines Boot, das nur an fünfter Stelle lag. Das würde sie nicht aufholen können.

Aber sie würde die Beste aus unserem Klub sein und damit durfte sie ein Jahr lang »mein« Boot segeln. Dabei brauchte sie es nicht einmal. Sie besaß seit Jahren eine eigene Jolle.

Bis zum Sonnenuntergang saß ich im Sand, aß ein Nutellabrötchen nach dem anderen und trank Tee. Als es dunkel wurde, konnte ich überall am See die bunten Lichter sehen. Der Wind trug von ferne den Duft von gegrilltem Fleisch zu mir herüber, leise Melodien, fröhliches Lachen und Stimmengewirr. Das Fest war in vollem Gange – ohne mich.

In den letzten Jahren war ich der strahlende Mittelpunkt der Siegesfeiern gewesen. Das ganze Dorf war stolz auf mich und sagte das auch: meine Eltern, Jannis' Eltern, der Trainer, der Vorstand. Derselbe Vorstand, der mich diesmal ausgeschlossen hatte, weil mein Ruf das Image des Vereins beschmutzen könnte.

Es war Zeit, Abschied zu nehmen. Abschied von den Menschen, die mir zugejubelt hatten, Abschied von meinen Freunden, mit denen ich so oft auf dem See gesegelt war, Abschied von so vielen schönen Erinnerungen, Abschied von Jannis.

Zwanzig

Mein Rückweg führte mich ein Stück am See entlang, bis zum Haus von Jannis' Eltern.

Das Haus war dunkel. Jannis' Eltern waren mit Sicherheit auf dem Segelfest. Nur aus Jannis' Zimmer kam ein Lichtschein. Daneben lag das Gästezimmer. Dort hätte ich jetzt sein sollen, während meine Eltern verreist waren. Es hätte so schön sein können.

Hätte ... hätte. Alles, was mein Leben bislang ausgemacht hatte, gab es nur noch im Konjunktiv: hätte, könnte, würde.

Ich setzte mich im Hof auf einen kleinen Mauervorsprung und schaute auf das Licht in Jannis' Zimmer, hoffte, dass er ans Fenster kommen, mich sehen und herunterkommen würde, damit ich einen letzten Versuch starten könnte, ihn zu überzeugen, dass ich es nicht gewesen war, auch wenn alles gegen mich sprach.

Da war es wieder, dieses *hätte, könnte, würde.*

Vielleicht war er ja gar nicht alleine da oben. Vielleicht lag er mit Jenifer ...

Nein, das wollte ich nicht zu Ende denken.

Ich schlich am Haus vorbei zum Bootssteg. Wie oft hatte ich mit Jannis hier gesessen. Manchmal war ich mit meinem Boot hierhergekommen, wo er mich schon erwartete, hatte angelegt und war in seine Arme gesprungen.

Und dort saß er auch heute. Erschrocken hielt ich die Luft an. Er hatte die Arme um seine Beine geschlungen und schaute auf die Lichter am anderen Ufer.

Dachte er an mich? Wusste er, dass ich nicht dort drüben war wie all die anderen Jahre zuvor?

Dachte er an uns?

Und wenn ja, wie dachte er darüber?

Am liebsten wäre ich zu ihm gegangen und hätte die Arme um ihn gelegt, mich an ihn geschmiegt.

Ich brauchte ihn so sehr!

Aber wenn er mich zurückstoßen würde?

Das konnte ich nicht ertragen.

Also blieb ich bewegungslos stehen und schaute zu ihm.

Als er sich bewegte, rannte ich so schnell ich konnte vom Hof und direkt auf die Straße vor ein Auto, das zum Glück im Schritttempo fuhr und mit quietschenden Reifen und lautem Gehupe zum Stehen kam.

Schlimmer konnte es nicht kommen. Das Auto gehörte Jenifer, deren Haus schräg gegenüber lag und die offenbar gerade nach Hause kam. Wütend sprang sie aus dem Wagen und ging mit erhobenen Fäusten auf mich zu. »Spinnst du jetzt total!! Kannst du nicht aufpassen.« Sie packte und schüttelte mich.

Der Lärm hatte ihre Eltern und Sam nach draußen getrieben. »Jenifer! Alles in Ordnung?«

»Ja, alles unter Kontrolle! Ich komme gleich.«

Während ihre Eltern zurück ins Haus gingen, kam Sam auf die Straße zu uns. »Was macht Lilly hier?«

»Das frage ich mich auch. Beinahe hätte ich sie überfahren. Springt im Dunkeln einfach auf die Straße. Warst du bei Jannis? Vergiss es! Der wird dich nicht mehr mit der Kneifzange anfassen. Der steht nicht auf Frauen, die schon die halbe Welt nackt gesehen hat.« Sie gab mir einen Stoß, sodass ich stolperte und fiel.

»Jannis gehört mir! Merk dir das!« Sie stieg in ihr Auto und fuhr in die Garage.

Wieder war es Sam, die mir half, aufzustehen. Ich war mit dem Kopf auf den Boden geschlagen und mir war schwindelig. Ich setzte mich auf einen großen Stein und hielt mir den Kopf.

»Warte!«, sagte Sam. »Ich hole dir Wasser.« Sie verschwand und kam mit einem großen Glas zurück und setzte sich neben mich.

Schweigend saßen wir da.

»Was machst du hier?«

»Abschied nehmen.«

»Wie Abschied? Gehst du weg?«

»Abschied von meinem alten Leben.« Irgendwie war ich froh, dass sie da war und zuhörte. »Ich hatte gehofft, es klärt sich alles auf und ich würde zumindest ein Stück von meinem alten Leben zurückbekommen. Aber ich durfte ja nicht mal bei der Regatta mitmachen. Und mein Boot musste ich auch abgeben.«

Sam sagte nichts dazu. Es gab ja auch nichts zu sagen. Es war vorbei. Die Hoffnung stirbt zuletzt, sagt meine Mutter immer. Aber irgendwann starb auch sie.

Ich stand auf und gab Sam das leere Glas zurück. »Danke, dass du mir zugehört hast.«

»Wo gehst du jetzt hin?«

Ich zuckte mit den Achseln. »Keine Ahnung!« Obwohl das nicht stimmte. Ich wusste genau, wo meine Reise enden würde.

Als ich mich noch einmal umsah, stand Sam immer noch da und schaute mir nach. Eine zweite dunkle Gestalt stand neben ihr. Für einen Moment dachte ich, es könnte Jannis sein. *Könnte! Hätte! Wäre!*

Und wenn schon, es würde keinen Unterschied mehr machen.

Ich wanderte durch die dunklen Straßen unseres Dorfes und dachte darüber nach, ob es in der Großstadt leichter wäre, neu anzufangen, weil alles anonymer war.

Wenn hier um 16:30 die letzten Schulbusse abfuhren, kehrte wieder schläfrige Ruhe ein. Das Einkaufszentrum schloss um 18:00 Uhr. Die Menschen trafen sich in der einzigen Dorfkneipe, in den Vereinshäusern der Freiwilligen Feuerwehr, dem Schützenverein oder dem Kaninchenzuchtverein oder in einer der kirchlichen Gruppen. Irgendwo war jeder organisiert. Im Sommer lag eine feine Rauchwolke aus Holzkohle und gegrilltem Fleisch in der Luft. Barbecue mit Nachbarn.

Dort, wo die Straße direkt am Wohnzimmerfenster der alten Fachwerkhäuser vorbeiführte, konnte ich die Fernseher flimmern sehen. Davor wohlbekannte Gesichter, die bei Bier, Wein und Chips gemütlich beisammensaßen. Hier im Dorf kannte ich fast jedes Gesicht und alle kannten mich.

Nur selten passierte etwas Aufregendes: ein frei herumlaufendes Huhn wurde von einem Auto überfahren, eine Scheune brannte. Aber da mindestens der halbe Ort bei der Freiwilligen Feuerwehr war, war der Brand schnell gelöscht. Der Einbruch in die Kita war bis zu meinen Nacktfotos das mit Abstand Aufregendste gewesen, was das Dorf in den letzten Jahren gesehen hatte.

Am Rande des Dorfes lag die Neubausiedlung, in der sich Stadtmenschen wie meine Eltern ihren Traum vom Landleben erfüllt hatten.

Ich wanderte über den nur schwach erleuchteten Schulhof zur Turnhalle, legte ganz automatisch wie in den letzten Tagen, als Horst noch da war, den Schlüssel unter den Stein. Dann stieg ich die Treppe nach oben hinauf …

Und nun stehe ich hier oben und schaue auf den Schulhof direkt unter mir. Der Himmel über mir ist dunkel, kein einziger Stern zu sehen. Ein Schritt weiter und es ist vorbei.

»Es gibt immer einen Ausweg«, hat mein Vater gesagt. »Man muss ihn nur finden.«

»Und wenn man ihn nicht finden kann?«, habe ich ihn gefragt.

»Dann hast du nicht lange genug gesucht.«

Er hat recht.

Ich habe lange gesucht und ich habe ihn gefunden. Meinen Ausweg.

Wird es hinterher irgendjemanden geben, der verstehen kann, warum ich diesen und nur diesen Weg wählen musste? Wahrscheinlich nicht und es ist dann für mich auch nicht mehr wichtig.

Es ist ein Notausgang, den man nur verstehen kann, wenn man meinen Weg bis hierher kennt.

Es wird einen neuen Skandal auslösen, die Presse wird sich darauf stürzen und alles noch einmal ausgraben, alle werden betroffene Interviews geben. Und dann werden sie mich vergessen, mich und die Bilder von meinem Körper vergessen, einfach so, als hätte es mich nie gegeben.

»Tu's nicht! Lilly, bitte! Jannis ist nicht mehr mit Jen zusammen.«

»Sam! Was machst du hier?«

»Ich bin dir gefolgt. Du warst so komisch. Ich habe gedacht … Jannis und Jen sind kein Paar, hörst du, Lilly! Sie waren es auch auf Mallorca nicht.«

»Guter Versuch! Ich hab doch die Fotos gesehen. Jenifer cremt Jannis ein.«

»Die waren gestellt. Jannis hat geschlafen und Jen hat sich rangeschlichen. Sie wollte, dass du das glaubst.«

»Was willst du hier, Sam? Geh bitte! Es ändert nichts mehr. Jen hat ja recht. Jeder hat mich nackt gesehen. Das muss Jannis einfach ekelhaft finden. Aber ich habe die Fotos nicht an andere geschickt!«

»Ich weiß!« Sams Stimme zittert leicht.

»Danke, du bist die Einzige, die mir jetzt noch glauben

wird. Für alle anderen habe ich alleine die Schuld. Nur ich alleine.«

»Ich habe nicht gesagt, dass ich dir glaube. *Ich* weiß *es.« Diesmal zittert ihre Stimme noch mehr. »Ich weiß, dass du es nicht warst …, weil ich es war.«*

Es dauert eine gefühlte Ewigkeit, bis die Nachricht in meinem Kopf ankommt. »Weil ich es war!«

Sam?

Aber wieso?

Sie hat mir doch als Einzige geholfen!

Plötzlich verstehe ich, warum. Nicht weil sie die neue Mutter Theresa ist, sondern weil sie die Einzige ist, die die Wahrheit kennt!

»Lilly, hast du verstanden? Ich war es! Ich habe die Bilder an Peer verschickt.«

Ich sollte jetzt wütend werden, sie anschreien, sie vom Dach schubsen, aber ich bin einfach nur müde, unendlich müde und erschöpft wie nach einer langen Krankheit. Zu müde, um wütend zu sein. Zu müde, um zu verstehen, warum sie das getan hat.

Und was änderte das jetzt noch?

Machte mein Leben wieder mehr Sinn, weil ich weiß, dass es Sam war?

Das Einzige, was etwas ändern würde, ist ein winziger Schritt nach vorne.

»Tu's nicht, Lilly! Morgen gehe ich zur Polizei. Dann wird alles wieder gut.«

Nein, nie wieder wird alles gut sein. Meine Nacktfotos gehen auch in diesem Moment um die Welt, werden heruntergeladen, irgendwo.

Würde Jannis zurückkommen? Niemals, das hatte Jenifer mir noch mal deutlich gemacht.

Könnte ich auf einer neuen Schule neu anfangen?

Meine Fotos wären vor mir da oder würden irgendwann auch dort eintreffen.

Es ist hoffnungslos.

Aber ich bin nun wenigstens kein Täter mehr, sondern Opfer. Und das macht einen Unterschied. 4YEO. Leichtsinnig würde man mich nennen, aber nicht mehr Schlampe, Hure, Nutte.

Aber reichte das für einen Neuanfang?

Hinter mir fängt Sam wieder an zu reden. »Ich habe vor zwei Monaten auf einer von Jens Partys zu viel getrunken. Dann wollten wir mit dem Fahrrad zum See fahren. Dabei bin ich gegen den neuen Mercedes meines Vaters gekracht, der vor dem Haus auf der Straße stand. Eine Riesenbeule. Jenifer hat es gesehen, aber sie hat geschwiegen. ›Irgendwann musst du mir einen Gefallen tun‹, hat sie nur gesagt. Mein Vater hat Anzeige gegen Unbekannt erstattet. Bevor Jenifer nach Mallorca fuhr, hat sie mir ihren Plan erläutert. Erinnerst du dich an meine Geburtstagsparty? Da habe ich dir die Fotos von Jen und Jannis gezeigt. Das war alles nur Fake.«

»Und wann hast du meine Fotos an Peer geschickt?«

»Als wir mit meinen Eltern gegrillt haben. Und du und Tessa beim Aufräumen geholfen habt … Es tut mir so leid. Bitte geh weg von der Kante.«

Durch das Schultor rennt eine dunkle Gestalt. Sie winkt. Sam winkt zurück. »Die Tür ist offen!«, ruft sie.

»Jannis? Wie kommt Jannis hierher?«

»Ich habe ihn angerufen und ihm alles erzählt. Dass ich es war und dass du die Fotos nur ihm geschickt hast. 4YEO, so wie du es immer gesagt hast.«

»Und jetzt?«

»Er ist da. Was willst du mehr?«

Außer Atem kommt Jannis auf das Dach gerannt. Er bleibt stehen, streckt mir die Arme entgegen. »Es tut mir so leid, Lilly. Ich hätte dir glauben sollen.«

Ja, das hätte er, aber er hat es nicht.

»Bitte, geh da weg, Lilly. Tu's nicht!«

Er kommt langsam näher und näher, seine Arme legen sich um mich, er drückt mich ganz fest an sich. »Es wird alles wieder gut«, flüstert er.

Nein, das wird es nicht. Aber es reicht vielleicht für einen Neuanfang.

Nützliche Adressen bei Cybermobbing

Not- und Sorgentelefone Deutschland
Kinder- und Jugendtelefon:
0800 111 0333

Elterntelefon:
0800 111 0550
(beide Nummern sind anonym und kostenlos erreichbar)

Not- und Sorgentelefone Schweiz
Rund um die Uhr für Kinder und Jugendliche unter der gebührenfreien Nummer 147 erreichbar

Not- und Sorgentelefone Österreich
Rund um die Uhr erreichbar unter der gebührenfreien Telefonnummer 142

Kindernotruftelefon
(rund um die Uhr und kostenlos erreichbar): 0800 567 567

Weitere Anlaufstellen Deutschland

Jugendnotdienst
Mindener Str. 14
10589 Berlin-Charlottenburg
(030) 61 00 62
www.berliner-notdienst-kinderschutz.de

Kinderschutzzentrum Berlin Familienberatungsstelle
(030) 683 91 10
(0800) 111 04 44
www.kinderschutz-zentrum-berlin.de

Krisendienst (Weitervermittlung)
(030) 390 63 00
www.berliner-krisendienst.de

Emotions Anonymous (EA für Kinder)
EA-Kontaktstelle Deutschland
Katzbachstr. 33
10965 Berlin
(030) 68 83 46 63
www.emotionsanonymous.de

Bundesarbeitsgemeinschaft Kinder- und Jugendschutz e. V. (BAJ) und Deutscher Bundesjugendring
Mühlendamm 3
10178 Berlin
(030) 40 04 04 00
www.dbjr.de

Bundeskonferenz für Erziehungsberatung – Der Fachverband für Erziehungs-, Familien- und Jugendberatung
Herrnstr. 53
90763 Fürth
(0911) 97 71 40
www.bke-beratung.de
(bieten auch einen Chat, Forum und E-Mail-Beratung an)

Kinderschutzzentrum
Emilienstr. 78
20259 Hamburg
(040) 491 00 07
www.kinderschutzzentrum-hh.de
(Kinderschutzzentren gibt es auch in vielen anderen Städten!)

Internationale Jugendgemeinschaftsdienste e. V.
Kaiserstraße 43
53113 Bonn
(0228) 22 80 00
www.ijgd.de

Deutsche Arbeitsgemeinschaft Selbsthilfegruppen
Otto-Suhr-Allee 115
10586 Berlin-Charlottenburg
(030) 893 40 14
www.dag-shg.de

Verein für Internationale Jugendarbeit e. V.
Urbanstr. 44
70182 Stuttgart
(0711) 51 88 58 75
www.vij.de

www.youpod.de
(vertrauliche E-Mail-Beratung)

www.kijumail.de
(Online-Portal der Nummer-gegen-Kummer-Organisation; E-Mail und Telefonberatung)

www.youth-life-line.de
(geschulte Jugendliche beraten Jugendliche)

www.junoma.de
(vertrauliche Online-Beratung)

www.schulpsychologie.de
(Hier kannst du den für dich zuständigen Schulpsychologen finden.)

www.bke-beratung.de
(Beratung, Chat möglich)

www.weisser-ring.de
(Beratung für Opfer von Kriminalität und deren Familien)

Österreich

Österreichischer Kinderschutzbund
Obere Augartenstr. 26–28
1020 Wien
(0) 699 81 51 38 11
www.kinderschutz.at

Kinderschutzzentrum »die möwe«
Börsegasse 9/11
1010 Wien
(01) 532 14 14
www.die-moewe.at

Bundesministeriums Familie und Jugend
(Auskunft und Information zu Beratungsstellen)
Franz-Josefs-Kai 51
1010 Wien
(01) 71 10 00
www.bmfj.gv.at
rataufdraht@orf.at

Schweiz

Pro Juventute
147
www.147.ch
(Kontakt per Anruf, SMS, E-Mail und Chat möglich)

pro familia
Marktgasse 36
3001 Bern
(031) 381 90 30
www.profamilia.ch
www.kopfhoch.ch

Carolin Philipps
Heute leider kein Foto für dich, Baby
256 Seiten
Klappenbroschur
ISBN 978-3-7641-7011-0

ebook **Auch als E-Book erhältlich!**

Drama, Baby, Drama

Pia hat einen Traum: Obwohl die begeisterte Torfrau bisher Ambitionen aufs Nationalteam hatte, will sie plötzlich als Model auf die Laufstege in Paris, Mailand und New York. Als sie sich für ein Casting anmeldet, findet ihr Freund Leon das alles andere als prickelnd. Kein Topmodel sei auf diese Weise entdeckt worden. Zudem könnte Pia in der Glitzerwelt der Mode richtig heiße Typen kennenlernen. Leon überlegt nicht lang und meldet sich selbst, als Frau verkleidet, zum Wettbewerb an. Beide werden genommen – und entwickeln einen ziemlichen Ehrgeiz! Just in diesem Moment wird Pia mit der Model-Vergangenheit ihrer Mutter konfrontiert ...

www.ueberreuter.de
www.facebook.com/UeberreuterBerlin